IST HIER DAS JENSEITS, FRAGT SCHWEIN

NOEMI SOMALVICO

Für meine Schwestern und für meine Eltern

IST HIER DAS JENSEITS, FRAGT SCHWEIN

NOEMI SOMALVICO

VOLAND & QUIST

Episode eins

In der Schwein beim Radio anruft, Dachs einen Apparat erfindet, Reh Längen schwimmt und Gott darüber nachdenkt, auszuwandern.

In Schweins Wohnung ist es still, als hätte es geschneit.
Vom Bett aus sieht Schwein zum Fenster. Dem Himmel ist heute keine Farbe gelungen. Schwein bewegt ein Bein. Wenn es in schwierigen Zeiten auf etwas ankommt, dann auf Licht.
Schwein könnte in die Stadt fahren und eine Lampe kaufen. Es richtet sich auf, im Sitzen zieht es seinen Overall an.
Früher hat Schwein manchmal die Lider silbrig angemalt und die Lippen rot. Diese Zeiten sind vorbei. Draussen aber geht immer noch der Wind vom Winter.

Als Biber ging, lag Schnee. Er zog den Koffer hinter sich durch die weisse Schicht. Schwein stand draussen, im Pyjama und wartete darauf, dass Biber sich noch einmal umdrehte und winkte.

Schwein wartet auf den Bus. Bis auf ein Kaninchen ist niemand unterwegs. Das Kaninchen, in tiefe Tücher gehüllt, zieht Kreise und raucht dabei.
Noch bevor der Bus kommt, weitet es seinen Kreis aus und beginnt um Schwein herumzuschleichen. Schwein presst die Hufe auf die Taschen seines Overalls. Es hat schon von Kaninchen gehört, die einem offenkundig das Portemonnaie entwenden und dabei so unverschämt gucken, dass jede Empörung zu spät kommt.

»Wollen Sie die Zukunft wissen?«, flüstert das Kaninchen.

»Nein.«

»Einmal in die Karten sehen?«

»Nein, Danke!«, sagt Schwein.

In einem Tearoom bestellt Schwein eine Ovomaltine. Der Wolf, der bedient, ist so freundlich, dass Schwein die Tränen kommen. Dass die Tasse gepunktet ist und ein weisser, trockener Keks daneben liegt, macht es nicht besser.

Über der Kaffeemaschine hängt eine Uhr. Biber ist irgendwo auf der anderen Hälfte der Erdkugel und diskutiert in einer Schwein unbekannten Sprache mit Schwein unbekannten Tieren über Schwein unbekannte Dinge.

Seit Schwein und Biber nicht mehr zusammenwohnen, gibt es abends meistens Teigwaren. Dazu manchmal einen fixfertigen Salat. Beim Abgiessen der Nudeln blickt Schwein zur Tür. Da ist niemand. Da wird niemand sein. Schwein schaltet das Radio ein.

»Rufen Sie jetzt an«, sagt der Radiosprecher und leiert eine Nummer runter. Schwein ruft an, es weiss nicht warum. Aus der Hörermuschel ertönt ein Tuten. Dann dringt eine Stimme an Schweins Ohr und dieselbe Stimme dringt aus dem Lautsprecher des Radiogeräts. Die zwei Stimmen sagen synchron: »Ciao! Wen haben wir da am Apparat?«

»Schwein.«

»Hallo Schwein!« Der Radiosprecher scheint sich zu vergnügen, über und über, Schwein weiss nicht warum.

»Du hast gewonnen! Das nenne ich Glück«, sagt der doppelte Radiosprecher und: »Freust du dich auf das, was hier im Studio für dich bereitliegt?«

Schwein nickt. Und weil aus dem Radio nichts mehr kommt, ergänzt es: »Ich freue mich.«

»Zu Recht«, sagt der Radiosprecher, »wir haben nämlich eine wun-der-schö-ne Ölkanne für dich! Hier im Studio – «

»Oh«, sagt Schwein.

»Scherz!«, wirft der Radiosprecher ein und lacht aus beiden Lautsprechern. »Ich halte in meiner Hand, und dieses Mal ganz ernst: einen Gutschein für eine siebentägige Tour durch die Halakariwüste.«

»Oh Gott.«

Schwein merkt nichts von dem Weg, den es zurücklegt, bis es auf einmal vor Rehs Block steht. Es drückt die Klingel durch, bis Reh hinter dem Vorhang im dritten Stock erscheint.

»Ich habe eine Reise gewonnen«, sagt Schwein.

Reh öffnet das Fenster.

»Was?«, ruft es runter.

»Kannst du die Tür öffnen?«, ruft Schwein hoch.

Reh kann im April nicht freinehmen.

»Dann kündige doch«, sagt Schwein.

Aber es weiss, dass Reh keinen Grund zum Kündigen hat, dass es zufrieden ist mit seinem Job in der Schneiderei. Mit den acht Stunden Nähen am Tag, dem Längenschwimmen im Hallenbad, dem Kino einmal pro Monat.

»Und krankmachen?«

Reh schüttelt den Kopf. Schon wegen seiner Mutter könne es im Moment nicht ausser Landes gehen.

Dieser Grund kommt Schwein bekannt vor, doch bevor es darauf eingehen kann, schlägt Reh vor: »Und gegen was anderes eintauschen?«

»Wogegen denn?«

»Was weiss ich. Gegen einen 3D-Fernseher zum Beispiel.«

Schwein versucht zu lächeln.

»Ich kann auch einfach nicht hinfahren«, sagt Schwein. Aber was sagt es dann seinen Nachkommen, wenn es eines Tages welche haben sollte?

»Ich habe spontan beim Radio angerufen und eine Wüstentour gewonnen. Ich habe aber nicht allein gehen wollen und abgesagt«?

Es macht keinen Sinn, denkt Schwein, als es in der Nacht erwacht, in einem Fleck aus Mondlicht, es macht keinen Sinn. Nach Las Gevas müsste ich gehen oder in ein anderes grossstädtisches Gewusel, wo ich unbemerkt und glücklich verloren ginge.

Wenn Schwein wenigstens an das Schicksal glaubte. Dann wäre diese Reise ein Geschenk, ein Abenteuer, in das es sich bloss hineinzustürzen brauchte. Schwein sieht den Mond hinter dem Fenster. In der Wüste soll der Nachthimmel ganz klar sein und schön wie sonst nirgends.

Dachs weiss nicht, ob er noch richtig denken kann.

Er deckt den Apparat und seinen Filter sorgfältig zu, legt die Schutzbrille ab.

Es wird einige Tage her sein, dass Dachs was gegessen hat.

In der Küche findet er eine Tüte Tomatensuppe. Während die Suppe warm wird, schaut Dachs sich das Durcheinander an. Die Werkstatt sieht aus, als wäre sie geplündert worden. Auf der Suche nach einem geeigneten Material für den Filter hat Dachs seinen ganzen Bestand aus den Schubladen gerissen, Gerätschaften und Material, selbst frühere Erfindungen liegen auf dem Boden. Hinter den Zahnrädern sieht Dachs den Erinnerungsrekorder. Es ist noch kein Jahr her, dass er ihn erfunden hat, dass er hier in der Werkstatt in eine Aufregung geriet, die der heutigen nah kommt, eine Aufregung, die ihn den Schlaf, das Essen vergessen liess.

In der Küche ist die Suppe angebrannt. Dachs kratzt mit einer Gabel am Pfannenboden. Er hat damals beschlossen, der Welt den Erinnerungsrekorder vorzuenthalten. Zeit und Raum würden sich sonst verschieben, die Tiere würden nicht mehr in der vorgesehenen Reihenfolgc existieren.

Wenn es eine vorgesehene Reihenfolge gibt, denkt Dachs. Etwas an ihm zittert, aber orten kann er es nicht.

»Bonapp«, sagt er zu sich, trinkt die Suppe.

Dann steht Dachs auch schon wieder an der Werkbank, vor dem Apparat, wie vor einem offenen Herzen.

Wer begleitet mich, schreibt Schwein in ein Internet-Reiseforum, *sieben Tage durch die Halakariwüste?*
Vier Antworten treffen ein:
Die erste lautet: *Hase, Jahrgang 82. Ich war schon einmal in der Savanne mit meiner Partnerin. Es hat mir sehr gefallen. Die Landschaft ist grossartig, das Essen ist grossartig. Das wird grossartig. PS: Ich habe eine Lebensversicherung.*
Die zweite lautet: *Seit drei Jahren leide ich unter chronischen Kopfschmerzen. Ich habe alles ausprobiert, nichts hat gewirkt. Bitte nehmen Sie mich mit! Die Ruhe in der Wüste und die Weite könnten mich retten!*
Schwein löscht die beiden Nachrichten und schreibt dem dritten Bewerber, einem Wisent zurück, das sich für Mineralien und für Astronomie interessiert.
Schwein und Wisent entschliessen, sich bei einem Telefonat besser kennenzulernen. Schwein wählt die Nummer mit der ausländischen Vorwahl.

> »Könnten Sie mir ein Bild von sich schicken?«, fragt Wisent. Kurz ist Schwein gekränkt.
> »Klar«, sagt es, aber was soll ein Bild an der Entscheidung ändern? Später kann Schwein sich eingestehen, dass es denselben Wunsch an Wisent hatte. Es nimmt sich vor, dies auf der Rückseite des Bildes zu vermerken.

Schwein in der Fotokabine. Ein Abzug kostet acht Franken. Schwein macht einen Abzug, somit hat es vier

Bilder von sich in verschiedenen Posen. Auf dem ersten Bild hat sein Lächeln etwas Boshaftes, auf dem zweiten ist sein Blick verloren, das dritte schneidet Schwein den Hals zu weit oben ab, und auf dem vierten erkennt Schwein sich beim besten Willen nicht wieder.

Als Schwein mit seinen vier Porträts im Bus zu sich nach Hause sitzt, wird es Zeuge eines Unglücks. Ein Wildschwein, schlecht angezogen und übelriechend, prallt in ein feingliedriges Wiesel, das bis jetzt aus dem Busfenster gesehen und dazu Pommes frites aus einem Karton gegessen hat. Der Inhalt des Kartons fliegt beim Zusammenstoss über die Pappränder. Etwa zwanzig Pommes frites landen auf dem Boden, das Ketchup ist überall.

Kaum hörbar entschuldigt sich das Wildschwein und verschwindet im vorderen Teil des Busses. Das Wiesel scheint kurz nachzudenken, beginnt dann die Pommes frites, eines nach dem anderen, aufzulesen und von allen Seiten zu prüfen.

Schwein steigt bei der nächsten Station aus, eine eigenartige Beklemmung hat es beim Anblick des Wiesels befallen. Die traurige Präzision, mit der das Wiesel jedes einzelne Frites auflas, die Enttäuschung, die es durch dieses Aufheben zu überwinden galt –

Schwein drückt sich in den Windschatten des Billettautomaten. Biber hat immer gesagt: »Du bist zu nah am Wasser gebaut.«

Von allen Dingen, die man in Hallenbädern tun kann; an den Becken entlanglaufen, das Badetuch um die Schultern legen, das Badetuch über die Liege breiten, auf der Liege ruhen, die Badeschlappen wieder anziehen, ins Becken steigen, ins Becken hineinspringen, ist Reh das Aus-dem-Wasser-Steigen das liebste. Sich an der Leiter haltend aus dem Wasser stossen. Das Wasser, das mit der Wucht des Herausstossens vom Körper und zurück ins Becken rutscht. Die Leichtigkeit danach, das Gefühl des fehlenden Widerstands, wenn Reh einen Arm schwingt.
Reh geht zu den Duschen, es zieht den Badeanzug nie aus, seift sich rundherum ein und spannt den Stoff des Anzugs, damit das Wasser hineinfliesst. In der Kabine nebenan pfeift jemand eine fröhliche Melodie.

Reh föhnt sich vor dem Spiegel. Seinem Spiegelbild sieht es an, dass es eine Frühgeburt ist. Die Augen, sie sind braun, treten weit aus den Höhlen hervor. Bei seiner Geburt hatte es eine merkwürdige Farbe. Es dauerte eine Woche, bis Reh aussah wie ein normales Neugeborenes, und in dieser Woche wurde Reh über kleine Schläuche künstlich Leben zugeführt. Rehs Vater nutzte die Zeit und ging arbeiten, Rehs Mutter sass beim Brutkasten, drehte an ihrem Ehering. Sie erholte sich nie von der Geburt. Sie sagt noch heute, sie sei erschöpft.

Draussen klappt Reh seine Kapuze hoch, manchmal wird der Frühling schwach und lässt den Winter wieder an sich ran.
Hirsch wartet unter einem Werbeplakat einer Zügelfirma. Er ist schlecht gelaunt, Reh merkt es an seiner Umarmung, die kürzer ausfällt, und an den Worten, die auf sich warten lassen.

»Ich wäre gern gläubiger«, spricht Reh einen Gedanken aus, den es unterwegs hatte, als die Stadt ihm so grau vorkam.

»Warum?« Hirsch läuft beinah in einen Bus hinein und Reh zieht ihn am Mantel zurück. Als wäre er nicht beinahe überfahren worden, sagt Hirsch unfreundlich: »Das ist ungefähr so, als würdest du sagen, du wärst gerne blinder oder du wärst gerne grüner. Was am Glauben soll denn wünschenswert sein?«

»Die Regeln.«

»Die Regeln gehören der Religion, nicht dem Glauben. Glaube ist doch in erster Linie Zweifel.«

»Na ja«, sagt Reh. Es hätte Hirsch nicht zu treffen brauchen, um sich von ihm die Laune verderben zu lassen.

»Wenn es etwas gibt, was zweifelhaft ist, so ist es doch ein Gott, oder?«

»Jaja, ich hab nur so dahergeredet. So wie man sagt: Ich bin todtraurig.«

»Du bist todtraurig?«

Reh schüttelt den Kopf.
»Wo gehen wir eigentlich hin?«, fragt Hirsch.
»Ich weiss nicht, wir spazieren.«
Und nun bleiben sie stehen, unschlüssig.
»Ich hab Hunger«, sagt Hirsch, »hab noch nichts gegessen.«
»Ach deshalb«, sagt Reh.

Hirsch gibt den Spatzen nichts von seinem Sandwich ab. Er kaut.

»Jeden Donnerstag geh ich schwimmen«, sagt Reh.
Hirsch dreht seinen Kopf zu Reh. Er hört zu, und jetzt zuckt sein Auge und Reh gelingt es, darin ein nett gemeintes Zwinkern zu sehen.
»Es gibt Tiere, bei denen sieht Schwimmen aus wie ein Überwasserhalten oder der Versuch nicht zu ertrinken. Aber bei mir – «
»Bei dir sieht es königlich aus.« Jetzt lacht Hirsch.

Im Garten wiegt sich eine hohe Tanne im Wind, die der Wohnung das Licht nimmt. Hirsch meinte, er würde sie umlegen lassen.
Nachdem Hirsch im Bus auf einmal eine Menge zu sagen hatte, ist er jetzt wieder schweigsam geworden. Es ist eine andere Art Schweigsamkeit. Hirsch sitzt lotrecht auf dem Bettrand. Sein Geweih sieht aus wie nachträglich montiert.

Reh lässt sich neben Hirsch auf dem Bettrand nieder. Das Einzige, was man hören kann, ist das Wasser, das durch die Heizungsrohre gepumpt wird, an der Wand das Bild vom Meer.
Hirsch hat einen Huf auf Rehs Rücken gelegt. Reh hat Hirschs Schulter mit den Lippen berührt. Hirsch hat seinen Oberkörper zu Reh gedreht und es angesehen wie noch nie.
Sie haben sich geküsst und die Kleider vom Bett gestossen. Das Bild vom Meer blieb ruhig an der Wand.
Jetzt liegen Hirsch und Reh nebeneinander, atmen, jeder für sich, bis Reh irgendwann aufsteht und die Unterhose anzieht. Es hat den Impuls, sich zu bedanken, lässt es aber bewusst bleiben, da es Hirsch wohl am liebsten wär, Reh liesse ihn unverabschiedet liegen.

In Hirschs Küche trinkt Reh Wasser aus einem hohen Glas. Am Boiler hängen Postkarten, ein paar Landschaften und Sprüche.
Reh möchte was Grosses sagen. Hirsch tritt in die Küche. Er hat seine Kleider zusammengerafft. Er lächelt an Reh vorbei.
Reh nimmt den Schal von der Stuhllehne und zieht die Regenjacke an, küsst Hirsch auf die Wange und sagt: »Au-revoir.«

Draussen wird Reh die Kapuze nicht hochklappen. Der Wind wird in seine Ohren ziehen. Während die anderen

Tiere die Köpfe gebeugt halten werden, wie Schutzschilde, wird Reh, aufrecht und anmutig bei Rot über den Zebrastreifen gehen.

Mit dem Geld, das Reh in seinem Portemonnaie findet, wird es Zigaretten kaufen. Es wird sein, als trüge es eine neue Frisur. Man wird Reh anschauen, etwas wird auffallen, aber kein Tier wird hinterher sagen können, was es war.

An der Luft ist seit gestern etwas anders. Etwas Warmes hat sich hineingeschlichen. Gott steht neben seinem Briefkasten. Er zieht seinen Pulli aus, er streckt die Arme in den Himmel. Das kommt ihm ein bisschen vor wie in der Werbung für frische Luft oder so, er lässt die Arme wieder sinken.
Am Mittwoch trifft ein Brief ein, der glanzvoll wirkt. Gott nimmt den Brieföffner zur Hand. Er hat schon an vielen Wettbewerben teilgenommen, aber nebst den kleinen Trostpreisen; Steppschuhen, einem Gemüsemesser, Schokoladeneier, hat er nie etwas gewonnen. Keine Reise, kein Auto, kein grosses Geld.

Gott ist vor der Erde eingeschlafen. Er hat den ganzen Morgen über Landschaften angeschaut, Inseln, Strände, nichts Aufregendes.
Unterdessen ist ein Sonnenstrahl durchs Stubenfenster gefallen und hat Gott in zwei Hälften geteilt; der Oberkörper liegt im Schatten, die Beine liegen im Licht, Gottes Trainerhose glänzt wie ein Flussufer.
Minute um Minute verschiebt sich die Sonne, bald ist Gott ganz im Licht. Um ihn herum tanzt der Staub, als hätten jene Sonnenstrahlen ihn aufgescheucht.
Später, als Gott ein Auge öffnet, sieht er Grün.

»Machst du jeden Tag Siesta?«

Es ist Gottes Schwester, sie steht mit dem Rücken zu ihm und beugt sich über das System.

Ihr Mantel hat dieses etwas hochmütige Grün von Kleeblättern.

»Ich hab geträumt, ich hätte geheiratet«, sagt die Schwester, immer noch mit dem Rücken zu Gott.

Der reibt sich die Augen.

»Hm?«, fragt er.

»Ich sagte, ich habe geheiratet.«

»Ach so.«

»Im Traum.« Jetzt steht sie vor ihm und tippt Gott auf die Nase.

»Wen hast du geheiratet?«

»Dich«, sagt die Schwester.

»Ich hab von einem Hund geträumt«, sagt Gott. »Er hat in meinem Kühlschrank Winterschlaf gemacht.«

Gott steht auf, und auch wenn er nicht davon ausgeht, dass ein Hund in seinem Kühlschrank schläft, ist er auf alles gefasst, als er ihn öffnet.

»Hast du Hunger?«

»Ich hab schon gefrühstückt«, sagt die Schwester, setzt sich auf den Küchentisch.

Ist die Schwester in der Küche, ist es nicht dieselbe Küche. Gott könnte den Unterschied kaum benennen. Etwas am Licht ist anders und etwas mit der Raumgrösse stimmt nicht mehr.

»Und du?«, sagt die Schwester, »was tust du den ganzen Tag? Stricken?«

»Gestrickt habe ich lange nicht mehr«, sagt Gott, er schielt durch das Fenster hinaus, zum Briefkasten.

»Es kommt niemand und holt dich ab«, sagt die Schwester.

»Schon klar.«

»Aber dafür komme ich und frage: Wollen wir joggen gehen?«

Auf der Liste von Dingen, die Gott nur ungern tut, steht Joggen weit oben. Wenn er joggt, findet Gott nie einen angemessenen Atem. Er findet keinen Gedanken, den er denken kann, unwillig wirft er die Beine vor sich her.

»Besser nicht«, sagt er und schüttet ein paar Vitaminpräparate in seine Handfläche, wirft sie ein wie Medikamente.

»Geht es dir nicht gut?«, fragt Gottes Schwester.

Gott sagt: »Doch, doch. Nur müde.«

»Schlecht geschlafen?«

Gott schüttelt den Kopf. Er erwähnt seinen Verdacht, dass alles auf rätselhafte Art zusammenhänge. Dass seine Müdigkeit vielleicht mit dem Wetter auf seiner Erde in Verbindung stehe ... Und das Wetter wiederum mit der Unordnung in seiner Küche.

Die Schwester verschiebt eine Teetasse.

»So besser?« Sie zwinkert. »Wenn du mich fragst, bist du einfach depri, weil du in deiner Dachhöhle hockst. Dabei ist draussen Frühling geworden, hast dus gemerkt?«

Gott hat sehr wohl die zarten Knospen der Linde gesehen, aus denen eben die ersten Blüten geschlüpft sind. Er riecht den Frühling, wenn er das Fenster öffnet.
Wenn aber der Tag sein Licht abgibt, der Vogel die erste Strophe seines Abendliedes anstimmt, weiss Gott nicht, ob er bleiben will.
Es dünkt ihn, er wohne hier, seit es ihn gibt. Im Dachgeschoss jenes alten Hauses auf der Lichtung.

Als die Schwester gegangen ist, braucht die Küche eine halbe Stunde, um wieder die alte zu werden.

Gott hat sich gefragt, wohin er auswandern würde. Er hat sich beides vorgestellt: Das städtische Leben: grosse Parks, botanische Gärten, Kaffeehäuser, Tauben, milde Abende, Zigarren, Clubs mit Fumoir – oder aber das Meer. Dort war Gott noch nie.

Auch am Sonntag ist Gott noch nicht ausgewandert.
Er spaziert zum Rande der Lichtung. Er geht unter Bäumen, am tiefen Himmel fliegen Wolken an.
Er stellt sich vor, was er zu seinem System sagen würde. »Hallo. Hallo System. Sterne, Mond, hallo Sonne, hallo Erde, hallo Blumen, Tiere, Steine, und so weiter. Ich war bis heute euer Gott und nun wandere ich aus. Ein anderer Gott übernimmt meine Stelle.« Ein solcher Gott, denkt Gott, der eine alte, gebrauchte Erde übernehmen wollte, müsste sich erst finden.

> »Es tut mir leid, dass es so plötzlich kommt. Ich kann nicht länger bleiben. Nein. Ich kann nicht länger nicht gehen. Ich möchte kein Gott mehr sein.«

Bevor der Regen einsetzt, kehrt Gott zurück. Er öffnet eine Dose mit Aprikosenhälften. Er fischt eine Aprikose heraus, er kaut sie nicht, lässt sie direkt die Kehle runterrutschen.
Gerade als er nach einer zweiten Aprikose fischt, schrillt das Telefon.
Gott geht durch den Gang, unentschlossen, ob er rangehen soll.
Am Apparat ist seine Schwester, die wissen will, ob Gott am Abend mit ihr zu einer Feier auf die Dächer komme.

»Heute? Ich weiss nicht«, sagt er. »Die Dächer. Das liegt nicht grad um die Ecke.«
Die Schwester schweigt.
»Ich überlege es mir noch, je nachdem, wie das Wetter will«, sagt Gott.
»Du hast nichts vor, also komm doch mit«, sagt sie.
»Na«, sagt Gott, ohne Lust auf eine Auseinandersetzung.
»Du kommst mit.«
Gott zieht den Stecker des Telefons.

Er hat ein paar Gespräche geführt mit Göttinnen und Göttern aus dem Umland, er hat ein paar Gläser getrunken, er hat ein paar Salznüsschen gegessen, später sass er auf dem Klo und befühlte verwundert das Toilettenpapier. Es war weich und dick, sodass man es als Badetuch hätte verwenden können und duftete heftig nach Zitrone.
Vor dem Spiegel versuchte Gott seine Frisur mithilfe von etwas Wasser zu verschieben. Bei ihm zu Hause muss die Beleuchtung eine andere sein, er ist sich mit seinen Haaren einwandfrei vorgekommen. Neben Gott stellte sich eine Göttin, sie seifte ihre Hände und sagte: »Ich liebe Seife.«
Sie zog das Wort »liebe« in die Länge, euphorisch, hingerissen, so wie Gott es nie tun könnte. Beim Hinausgehen warf sie sich im Spiegel einen verführerischen Blick zu, worauf Gottes gute Laune ganz verschwand.

Ohne sich verabschiedet zu haben, verliess Gott das Gelände. Im Wald dachte er: »Eigentlich wäre ich lieber ein Baum.«
Zu Hause setzt Gott sich vors System. Er schaut zu, wie sich die Erde dreht. Er schaut zu, wie der Mond leuchtet. Dann setzt er die Fernbrille auf und guckt in eine Stadt. Guckt in ein Haus, in eine Wohnung, schaut einem Schwein zu, das mit geschlossenen Augen, genau wie er gestern, an einem Tisch, vor einem leer gegessenen Teller sitzt.
Man sollte die Erde keinem Melancholiker überlassen. Die Wesen, die darauf leben, werden nach seinem Ebenbild geschaffen sein. Man kann ja nicht anders. Man kommt ja nicht über die eigenen Gedanken, das eigene Bewusstsein hinaus, man steckt in sich selbst wie in einem dichtgerollten Teppich fest.
Das Schwein, sieht Gott, es weint.

Schwein hat zu lange gezögert, um noch zu wissen, ob es auf Wüstentour gehen will. Es wirft der Einfachheit halber eine Münze.
Die Münze sagt: nein.
Bald darauf trifft eine Nachricht von Biber ein. Schwein hatte ihn per E-Mail von seinem Gewinn wissen lassen.
Witzig!, schreibt Biber. Mehr nicht.
Es geht so witzig, schreibt Schwein. Dieses Mal kommt Bibers Antwort postwendend, als wäre sie lange schon abgefasst worden und er hätte nur die Sekunde abgewartet, in der sie losschicken kann. Biber schlägt in seiner knappen Nachricht vor, dass jeder sich auf sein eigenes Leben konzentriere und der Kontakt vorerst auf Eis gelegt werde. Schwein schlägt im Internet *auf Eis legen* nach und findet die Worte: konservieren, kaltstellen, stagnieren.

Im Spass hat Biber Schwein manchmal »Bedrückte Seele« genannt.
Schwein steht einen Samstag lang nicht mehr auf. Und auch am Sonntag sieht es so aus, als würde Bedrückte Seele liegenbleiben. Erst als in der Wohnung im unteren Geschoss jemand zu einer Orgelmusik zu singen beginnt, hat Schwein einen Grund, Gewicht auf seine schwach gewordenen Beine zu geben.
Mit seinen schwach gewordenen Armen schneidet es Brot.

»Das ist mir zu blöd«, sagt Schwein in der Küche. Es meint damit weder die heiligen Gesänge, die durch die Decke zu ihm hochschweben, noch die Brotscheibe, die viel zu dünn geraten ist und in mühsame Brösel zerfällt, bevor Schwein sie essen kann. Schwein meint damit sich selbst, ja, Schwein ist sich selbst zu blöd geworden.

Es tritt aus dem Haus und denkt darüber nach, wie es sich das Leben nehmen könnte. Es geht am Trottoir entlang, es ist Schwein eher unernst damit, denn das Leben nehmen, das tut man dann, wenn einem alles egal ist. Egal welche Schuhe man trägt, egal ob man darin friert. Egal welches Brot man isst, ob es Nüsse darin hat oder nicht. All das ist Schwein nicht egal, es friert ein bisschen und überlegt, ob es umkehren soll, die Wintersohlen holen.

Zwei Stunden später steigt Schwein aus dem Zug und schnürt seine Schuhe, um sich selbst etwas besser beieinander zu haben. Als es den Kopf hebt, erschrickt es über die Berge, die kühl und deutlich hinter dem Bahnhof hervorragen. Schwein weiss nicht, wie es dieses Massiv hat übersehen können, und macht einen Schritt zurück. Diese Fassade; der Bahnhof wie Pappkarton und dahinter diese Berge, vor denen die Wolken steil nach oben flüchten, sind der unmissverständliche Beweis für die Bedeutungslosigkeit von Schweins Leben. Es hätte Schwein jetzt nicht gewundert, wenn eine grosse Tatze aus dem blauen Himmel heruntergelangt und mit einem Schwamm die Berge weggeputzt hätte, sodass auf der Leinwand nur noch ein paar wässrige Striemen zurückgeblieben wären.

Episode zwei

In der Dachs in Gottes Welt wechselt, Schwein den Kopf verliert und Reh lange vor verschlossener Tür steht.

Gott war gerade am Auswandern, als er Dachs traf. Dachs trug einen aus der Mode gekommenen Rucksack und einen verlotterten Anzug. Gott wunderte sich, er hatte nicht gewusst, dass es in dieser Region auch Dachse gibt.

Er grüsste ihn im Vorbeifahren. Dachs grüsste zurück.

»Sind Sie Gott?«, rief Dachs ihm hinterher.

»Mhm«, Gott zog die Bremse seines Velos. Dachs holte auf. Er keuchte ein bisschen und vollführte eine Art Knicks.

Gott fragte ihn, woher er komme.

»Von Ihrer Erde, vermute ich.«

Da lief Gott ein bisschen rot an, er stieg vom Velo.

»Ich hab einen Apparat erfunden«, Dachs nahm das, was aussah wie ein kleiner Zeppelin an einer Silberkette, von seinem Hals, »mit dem kann ich in Ihre Welt wechseln.«

Er gab den Apparat Gott. Sein Gewicht war beachtlich für die unauffällige Grösse. Ein Hebel, links stand *Hin* und rechts *Zurück*. Darunter leuchtete ein Lämpchen grün.

»Sie sind quasi mein Erzeuger«, sagte Dachs.

Da hätte Gott das Ding beinahe fallen lassen. So was hatte in aller Ewigkeit noch nie jemand zu ihm gesagt.

Das Fenster steht offen, Frühling weht in die Küche hinein.

»Ich bin im Wald gelandet, etwa zwölf Kilometer von hier«, sagt Dachs.

Er lächelt ziemlich höflich hinter den runden Gläsern seiner Brille.

»Dann sind Sie lange gelaufen?«

»Sieben Stunden.« Und er fügt an: »Gibt es hier eine Toilette?«

Als Dachs im Badezimmer ist, fegt Gott hurtig über die Fliesen. An einer Stelle lappt die Tapete von der Wand, Gott klebt sie notdürftig mit Papierleim wieder an. Da steht Dachs schon wieder im Gang.

»Wohnen Sie schon lange hier?«, will er wissen.

Gott nickt. »Sagen Sie mir doch du«, schlägt er Dachs vor. Dieser Satz klingt, als habe Gott ihn schon länger vorbereitet.

Gott zeigt Dachs die Erde, wie sie schwebt inmitten des leuchtenden und sirrenden Systems.

»Kreise sind voll dein Ding, was?«, hat Gottes Schwester mal gefragt.

Und Dachs? Er scheint ziemlich angetan von dieser ungewöhnlichen Perspektive auf sein eigenes Habitat. Er habe das hundert Male schon gesehen, in Schulbüchern, diese Sonne, der gelbe Ball, die Rotation der Erde ... Er näherte sich einem Stern.

»Bisschen wie Magie«, sagte er leise.

Vielleicht hat Gott erwartet, dass Dachs ihn kritisieren würde. Denn obschon das System meistens einwandfrei funktioniert, hat Gott an der einen oder anderen Stelle etwas Kleber gebraucht oder Schnur, und der

Mond sieht seit einigen Jahren irgendwie krümelig aus. Als zum letzten Mal ein paar Göttinnen und Götter bei ihm zu Besuch waren, versammelten sie sich irgendwann um sein System und kommentierten: »Aufteilung von Wasser und Land gut. Auch die Proportionen sind passabel geraten. Aber den Mond könntest du mal auswechseln und diese Erde: Willst du so viele Städte, so viel Verkehr? Du hast ja kaum noch freies Land. Warum tust du nichts? Mit deiner passiven Haltung geht dieses Ding früher oder später den Bach runter. Mach doch mal einen Kurs. Entwicklungsstrategie, Fortschritt oder so.«
Gott hatte genickt und etwas Staub von der Sonne geblasen.
Nun bietet er Dachs die Fernbrille an, damit dieser in die Erde wie in ein Aquarium hineinsehen kann.

»Willst du dich nicht setzen, das ist gemütlicher«, sagt Gott und rückt den Sessel etwas näher ans System, aber Dachs antwortet nicht mehr.

Abends essen sie Suppe auf Gottes schmalem Balkon. In seiner Heimat habe Dachs jeden Tag mindestens einmal Suppe gegessen.
Schön, dass er von Heimat spricht, denkt Gott.
Dachs will wissen, weshalb Gott nicht in einem Palast wohnt. Oder in einem Luftschloss. Wieso er keine Bediensteten hat.
Von seiner Linde aus stimmt der Vogel sein Abendlied an, die Schatten von Dachs und Gott fallen als riesenhafte Gestalten über die Balkonbrüstung.

»Wir haben denselben Beruf«, sagt Gott, »du bist Erfinder und ich auch.«

Dachs nickt.

»Du bist aber gleichzeitig Hauswart und Chemiker und Astronom«, sagt Dachs.

Das bezweifle er, will Gott sagen, da ist Dachs schon wieder in der Küche verschwunden. Klingt, als würde er abwaschen.

Dachs hat eine Kanne Tee hinausgebracht.

»Stell dir vor, du würdest mich mit auf die Erde nehmen«, sagt Gott. Dass das Wasser eben noch gekocht hat, scheint Gott nicht zu merken. Er stürzt den Tee wie einen Schnaps runter.

Tatsächlich könne er sich nicht vorstellen, wie das gehen sollte, bei einer Grösse wie Gott, sagt Dachs.

»Wenn das herauskäme: Gott auf der Erde. Du hättest nie mehr deinen Frieden, man käme mit allen

Problemen zu dir. Krankheiten, Lungenentzündungen, Stress, Spielsucht ...«
»Eifersucht«, wirft Gott ein.
»Man würde dich überall hin verfolgen.«
»Stimmt«, sagt Gott. »Das wäre etwas anstrengend.«

Gott, wenn er die Luft anhält, kann Dachs in der Stube blättern hören.
Er lese noch ein bisschen, hat Dachs gesagt, und an Gottes bescheidener Bibliothek schien er nicht weniger Gefallen zu finden als an der Erde, neben der Dachs nun auf einer aufblasbaren Matratze schlafen würde.
Wenn es etwas gibt, was ein Gott weiss, dann dass er mit seiner Schöpfung nicht in Kontakt treten darf, geschweige denn die Schöpfung zu sich einladen und mit ihr Lauchsuppe essen. Gott steht auf, in seinem Pyjama geht er wie auf Wellen über den Holzboden.
Er sucht nach den Kopfhörern, knipst die Lampe aus und steigt zurück in sein Wasserbett. Im Finstern legt er die Kassette mit dem autogenen Training in den Rekorder, atmet ein, atmet aus, atmet in jeden Körperteil und atmet, bis er meint, von seiner Matratze entweder losgelöst und schwebend oder, im Gegenteil, tief in ihrem Bauch verschwunden zu sein.

»Was liegt hinter dem Wald?«, will Dachs am nächsten Morgen wissen. Er folgt Gott die Treppe runter zum Briefkasten. Vom Briefkasten aus sind es noch hundert Schritte zum Rand der Lichtung. Wohin man von Gottes Haus auch geht, es beginnt in jede Richtung Wald.

»Hinter dem Wald? Ein Wald.«

»Und hinter dem hinteren Wald?«

»Der Nordbahnhof.«

»Es gibt hier Schienenverkehr?«, fragt Dachs.

»Ja«, sagt Gott.

»Und wohin fahren die Züge?«

»Ich kenne nur diese Region hier, aber irgendwann kommt ein Meer.«

»Ein Binnenmeer?«

»Hm?«

»Ein Meer, das vom Festland eingeschlossen wird?«

»Das kann sein«, sagt Gott. Er hat den Schlüssel vergessen und zwängt die Finger in den Briefkastenschlitz.

Dachs schielt auf das Namenschild, auf dem in einer fadendünnen, blauen Schrift tatsächlich *Gott* geschrieben steht.

»Wahrscheinlich eine Mahnung«, sagt Gott, er legt seine Post auf den Briefkasten. Sie spazieren über die Lichtung und kommen bald auf Melonen zu sprechen, Wassermelonen, Honigmelonen, Galiamelonen.

»Ich mach dir einen Gletscher mit Melonenduft«, sagt Gott spontan.

Es dauert einen Nachmittag, um das Gletschermolekül zu bilden, das nach dem Fruchtfleisch der Melone riecht, wenn es schmilzt.

Sie stehen vor der Erde. Dachs beobachtet Gott bei der Arbeit, hin und wieder stellt er eine Frage.

»Ich hole uns eine Gletscherprobe«, schlägt er vor, als Gott fertig erfunden hat.

Obschon Dachs kein lautes Tier ist, wird es nach seinem Wechsel auf die Erde sehr leise. Als wären auf einmal alle Möbel, alles Besteck in den Schubladen, die Vorhänge und die Stühle, die vorhin gedankenlos vor sich hingeplappert haben, verstummt.

Draussen hat kein Regen eingesetzt, obschon es genau danach aussieht. Gott wartet auf seinem Sessel, da erlischt die Stubenlampe. Gott schaut hoch, als sitze da oben etwas und erlaube sich einen Scherz.

»Nochmal, bitte nochmal!«, ruft er.

Aber das, was da oben sitzt, wenn denn etwas dort sitzt, spielt nicht mit.

Im Keller sucht Gott eine neue Glühbirne. Statt einer Birne findet er das Zelt. Jetzt ist die Melancholie wieder da, Gott stopft das Zelt hastig hinter die Gartenstühle. Glück ist ein kurzer Frass, denkt er, als er die Treppe hochsteigt, und weiss nicht, was er damit meint.

Gott streunt in seiner Wohnung herum, drückt die

Kartons der Vitaminsäfte zusammen. Beim einen oder anderen spritzt noch etwas Saft aus dem Trinkloch heraus.
Manchmal zieht sich das Warten so dahin, dass man vergisst, auf wen man eigentlich wartet und warum. Und weil es dann egal ist, auf wen man wartet und warum, kann man ebenso gut nicht warten. Gott nimmt ein Bad. Erst als er in der Wanne sitzt, fällt ihm ein, dass er baden nicht mag, nicht warm und in einer engen Wanne. Weil er aber schon bis zur Hälfte Wasser eingelassen hat, dümpelt er noch ein bisschen und giesst Eukalyptus-Schaumbad nach.
Die Ränder des Duschvorhangs sind von der Feuchtigkeit grau geworden. Gott erinnert sich an seine Schwester, die die Teetasse über den Tisch geschoben hat. Ruckartig steht Gott auf und bringt dabei das Badewasser ins Schaukeln. Ein paar Wellen entwischen über den Wannenrand.

Dachs kehrt nach Sonnenuntergang zu Gott zurück, mit einer Tiefkühltasche und in Begleitung von Schwein. Schwein scheint nicht zu wissen, ob es die Schuhe ausziehen soll, und macht vorsichtige Schritte, als sei der Boden aus Fensterglas. Es scheint auch nicht zu wissen, wo es die Arme hintun soll, verschränkt sie hinter dem Rücken und versucht dann wieder, sie lässig pendeln zu lassen. Seine Unsicherheit ist Gott etwas unangenehm.

»Ich habe nicht an Sie geglaubt«, gibt Schwein zu.

»Ich auch nicht«, sagt Gott, und: »Willst du dich setzen?«

Schwein lässt sich auf dem dreibeinigen Schemel neben dem Kühlschrank nieder, Dachs packt sein Gletscherstück aus und zündet eine Kerze an, um den Gletscher schneller zum Schmelzen zu bringen.

»Das kommt mir doch alles ein bisschen surreal vor«, sagt Schwein und kichert.

Gott sagt: »Aber Dachs, den kennst du schon?«

Schwein sagt: »Eben kennengelernt. Ich wartete am Bahnhof auf den Zug zurück, da hat er mich angesprochen.«

Dass kein Zug mehr zurückfuhr, Schwein ziemlich verloren aussah und Dachs deshalb gefragt hat, ob es mitkommen wolle, hat Schwein schon vergessen.

»Bist du wirklich Gott?«

»Du kannst mir auch einen anderen Namen geben.«

»Johann? Satan?« Schwein kichert.

»Willst du Tee?«, fragt Gott, »oder einen Kaffee?«

Schwein fragt, ob Gott auch einfach Wasser habe.
»Mit oder ohne Sprudel?«
»Ohne.«
»Meine Eltern haben an dich geglaubt«, sagt Schwein etwas atemlos, Gott giesst ihm Wasser ein, »mein Vater hat mir einmal erklärt, Gott sei überall drin, in den Bäumen, den Büschen, in den Steinen, den Haaren und sogar in einer Bratpfanne. Und deshalb hab ich immer an Sie denken müssen, wenn ich etwas gebraten habe.«
Gott lacht.
»Ich habe die Bratpfanne nicht erfunden«, sagt er.
»Ist das nicht ein Irrglaube?«, sagt Dachs. »Eine Bratpfanne ist aus Edelstahl oder Gusseisen.«
Gott schüttelt den Kopf. Er glaubt nicht an einen Irrglauben.
»Ich würde sagen«, sagt Gott, »wenn Schweins Vater daran glaubt, dass Gott sogar in einer Bratpfanne ist, gibt es gar keinen Zweifel, dass Gott irgendwie in dieser Bratpfanne ist.«

Schwein hat, als es klein war, befürchtet, jemand beobachte es aus den Wolken. Eine tote Tante, der Urgrossvater oder eben Gott mit seinem Riesenauge schaue ihm beim Duschen zu oder beim Pinkeln. Als Schwein Gottes Fernbrille aufsetzt, als es in fremde Vorgärten guckt, wo Tiere den Grill rauskarren und Unkraut zupfen, ist es schockiert. Dass Gott mit der

Fernbrille durch alle Häuser und Wolken blicken kann, in Leitungsrohre und Thermoskannen –

»Das ist meine Arbeit«, sagt Gott, »das ist mein Alltag.«

Und Schwein sieht das ein. Schon vorhin in der Stube ist das passiert. Wenn Gott etwas erklärt, mit seiner tiefen, schulterzuckenden Stimme, ist es Schwein, als sei das Leben logisch und einfach, wie Blumen giessen.

Nach Dachs verbringt auch Schwein einen ganzen Nachmittag vor der Erde, als sehe es einen Thriller. Es interessiert sich dabei weniger für die exotischen, ihm unbekannten Erdteile oder Sterne, viel lieber hält es sich in seiner eigenen Stadt auf, in den Strassen, die es kennt, in der eigenen Wohnung, in seinem Schlafzimmer, wo es in Schweins Abwesenheit sehr friedlich scheint.

»Internet gibt es hier nicht, oder?«

Schwein schaltet das Handy aus.

Gottes Zuhause scheint nicht auf dem Stand modernster Technologie, im Gegenteil: Die Wohnung ist wie aus der Zeit gefallen. Die Lichtschalter sind noch von der alten Sorte; zum Knipsen. Die Lampen haben möglicherweise einen antiquarischen Wert, und auch sonst hat Gott viele Dinge gehortet, von denen Schwein nicht einschätzen kann, ob es sich um Trödel handelt oder um Schätze einer vergangenen Epoche.

Gott in der Wohnung und in seinen lockeren Kleidern sieht aus, als hüte er das Haus seiner Grossmutter. An seinem Erscheinungsbild wird klar: Er wird kein Hemd anziehen, kein gebügeltes, und niemals eine Krawatte, keine Bundhose. Stattdessen trägt Gott Gummifinken und Trainerhosen, einen Pulli mit verwaschenem Logo. Schwein hat keinen Schimmer, wie alt er ist. Ausserhalb seiner Wohnung, denkt Schwein, würde er jünger wirken.

Gott leiht Schwein einen Faserpelz. Den Abend verbringen sie auf dem Balkon, wo hin und wieder ein Windzug sie frösteln lässt.
Dachs öffnet eine Bierflasche nach der anderen am Balkongeländer.

Er zitiert: »Es war in diesen Zeiten, als nichts war, weder Sand noch Meer noch Seife. Erde fand sich nicht, noch Luft, Schwarz war und nirgends Licht.«

»Schön«, sagt Gott.

»Das kenne ich«, sagt Schwein.

Nun stossen sie die Bierflaschen gegeneinander, dass es Pling macht.
Schwein hat so ein Gefühl in der Brust, als schwebten sie auf diesem schmalen Balkon irgendwo durch den blassen Abendhimmel.

In der Küche ist das Gletscherstück geschmolzen. Die ganze folgende Woche noch wird eine Ahnung jenes dunkelrot-süssen Melonendufts in der Luft hängen bleiben.

Schwein und Reh gehen von Laden zu Laden und suchen einen Kopf. Erst nach einer Weile wird Schwein bewusst, dass es sich dabei um seinen eigenen handelt.

»Du hast ihn verloren«, erklärt Reh. Sie haben eben in einem Souvenirshop nach Schweins Kopf gefragt, da betritt ein Schatten das Geschäft.

Dieser Schatten trägt Schweins Kopf wie ein Brot unter dem Arm.

»Das ist dein Kopf«, sagt Reh. Der Schatten steht regungslos neben einem Kartenständer.

»Zeig dich!«, befiehlt Reh. Und ein Gewand rutscht vom Schatten. Schwein sieht, dass niemand anderes seinen Kopf unter dem Arm trägt als Biber. Da beginnt sein Herz zu pochen, als müsse es aus der Brust hinaus. Die Augen seines gestohlenen Kopfs gehen auf.

Schwein schreckt hoch. Das Duvet, das Gott ihm gegeben hat, ist nass vor Schweiss. Schwein taumelt ins Bad und kühlt sich mit Wasser den Kopf. Es stützt sich auf den Rand des Spülbeckens, und dann geht es, wie von fremder Hand gesteuert, zur Erde und sucht das Land ab, in dem Biber sich rumtreibt, sucht in U-Bahnen, sucht in Wohnungen, sucht in Parks und Bars, in Bibliotheken und Kinos, auf dem Trottoir und den Terrassen der Hochhäuser nach Biber.

»Noch wach?«, fragt eine Stimme. Schwein reisst die Fernbrille von der Nase. Dachs steht mit einem grossen Buch im Türrahmen.

»Ich hatte einen Albtraum«, sagt Schwein.
Dachs sieht nicht aus, als sei er eben aufgewacht, eher, als sei er noch nicht ins Bett gegangen.

»Schläfst du nicht?«, fragt Schwein.

»Selten«, sagt Dachs.

Schwein wühlt sich zurück in das verknitterte Laken. Es weiss, es muss aufhören, auf Biber zu warten. Und es zieht die Beine an die Brust. Es weiss, es muss andere Träume haben, neue.

Dachs und Schwein wollen Gottes Welt besichtigen, zumindest die nähere Umgebung möchten sie gerne gesehen haben.

»Den Wechselapparat nehmen wir mit«, sagt Dachs beim Frühstück.

Wenn jemand aus Gottes Welt sie sehen sollte und Verdacht schöpfen, weil Schwein und Dachs nach einer Erfindung Gottes aussehen, werden sie rasch auf ihre Erde zurückwechseln.

»Gehen wir jetzt sofort?« Schwein putzt sich den Mund mit einem Ärmel ab.

Dachs schaut Gott an, Gott zuckt mit den Schultern.

Gott weiss, dass seine Unruhe sich nicht von allein legen wird, dass es ihm nicht gelingen wird, an etwas anderes als an Dachs und Schwein zu denken, die irgendwo in seinem Wald herumstreunen wie zwei Touristinnen mit breitkrempigen Hüten und einer Karte der Umgebung. Warum hat er sich ihnen nicht angeschlossen? Jetzt denkt Gott ernsthaft ans Joggen. Er wühlt im Schrank, er wühlt in einer Kiste mit Fäden, er denkt, er könne die Löcher in den Hosen stopfen, das will er seit Jahren, aber die Arbeit mit der Nadel ist zu zart, er bringt nicht einmal den Faden durch die Öse, Gott muss raus.

Er dreht ein paar Kreise um sein eigenes Haus.

Ein schönes Haus. Der Balkon sieht aus, als bräche er bald von der Mauer ab. Und lande im Gras, wo jetzt die ersten Blumen wachsen. Gelbe und orange, die dunklen Farben kommen später.

Gott dreht auch noch ein paar Runden in die Gegenrichtung, das Haus bleibt dasselbe.

Er wechselt die Turnschuhe gegen die Finken und versucht noch ein bisschen erdzusehen. Schwein hat dieses Wort erfunden. Sich vor die Erde knallen. Erde schauen.

> »Ausser dass bei dir keine Scheisswerbung kommt«, bemerkte Schwein.

Zuerst schaut Gott sich eine Hochzeit an. Dann wechselt er zu den Bergen und beobachtet zwei Esel. Sie ruhen an einem begrünten Südhang. Sie scheinen nicht mehr zurück zu wollen ins Tal, wo der See wie das Innere einer Muschel glänzt. Der eine Esel schraubt eine Flasche Apfelmost auf. Der andere guckt über den Rand der Felswand. In diesem Moment hört Gott Schritte im Treppenhaus. Er zieht die Fernbrille ab und fort sind die beiden Esel am Südhang.

Auf der Erde geht Reh entlang dem Ufer des Sees. Bevor es um die Ecke zum Haus der Mutter biegt, wirft es jedes Mal einen Kieselstein vom Weg ins Wasser. Es fragt sich, wie oft es die Mutter besuchen müsste, um den Kieselweg gänzlich im See zu versenken.

»Länger als fünf Jahre werde ich wohl nicht mehr leben«, sagt die Mutter, sie sitzt, ein Kissen im Rücken, auf dem Bett.

Reh senkt den Kopf.

»Sagt das die Ärztin?«

»Nein, mein Körper sagt das.«

Reh wünschte, es hätte den Mantel anbehalten. Es möchte seinen jungen, biegsamen Körper darunter verbergen, seine Lebendigkeit, die ihm neben der Mutter beinahe unverschämt vorkommt.

»Es geht so«, sagt Reh, als die Mutter nach seinem Befinden fragt.

»Scherereien in der Schneiderei?«, fragt die Mutter. So kann Reh nur nicken und die Mutter erfindet den Rest.

Während sie sich über dies und das beschwert, holt Reh in der Küche die Medikamente. Es legt sie auf einen Teller und schneidet einen Apfel in vier Teile. Reh denkt, dass kleinere Stücke die Mutter beleidigen würden, sie sich aber bei einem ganzen Apfel im Stich gelassen fühlen würde.

Die Mutter hat sich eine Zigarette angezündet.

Eine Sekunde lang muss Reh an Hirsch denken, der

seinerseits eine Zigarette rauchte, als er sagte, dass Reh für die eigene Mutter nicht Mutter sein müsse.
Schwein hat im Wald vor Gottes Haus eine Glückskatze gefunden. Zwischen ein paar Wurzeln leuchtete der Katzenbauch grün und golden.
Schwein legt sich auf den Stubenboden, die Katze, deren Arm unentwegt wippt, stellt es neben seinen Kopf.

»Du winkst uns das Glück zu«, flüstert Schwein.

In der Küche hört man Gott rascheln. Er sagte, er wolle Spaghetti kochen. Dachs ist für einen Physikvortrag auf die Erde zurückgekehrt.

»Wir können von hier aus mitschauen«, sagte Schwein, aber Dachs hat abgewunken.

Jetzt schiebt sich Schwein ein Kissen in den Nacken.

»Weisst du was?«, ruft es laut, damit Gott in der Küche es hören kann.

»Ich hab eine Wüstentour gewonnen.«

»Was?«, ruft Gott.

»Ich hab beim Radio angerufen. Aber ich hab die Reise abgesagt.«

Als Gott in die Stube zurückkommt, um zu fragen, ob al dente in Ordnung sei, ist Schwein eingeschlafen. Und Schwein schläft, als müsse es einen Winterschlaf nachholen, bis in den Mittag des darauffolgenden Tages hinein.

Dieses Leben in Gottes Wohnung, das eine Art Familienleben ist, dauert einige Wochen an. Immer wieder wechselt eines der Tiere auf die Erde, um etwas zu erledigen, sich krankzumelden oder die Pflanzen in der Wohnung zu giessen.
Nach ihrem Gehen ist es in Gottes Wohnung still. Gott schaltet das Radio ein. Es wird eine Geigenmusik gespielt. Gott wischt den Staub von den matten Blättern seiner Zimmerpflanze, dann sucht er das Telefonbuch. Er bestellt eine Mulde vors Haus.

Aus dem zweiten Stock kann er Bücher, Sofas, halbe Blumentöpfe werfen und noch eine gute Sekunde fliegen sehen. Gott sagt sich: »Wenn diese Lampe die Mulde erreicht hat, bin ich eine Lampe leichter.« Schwein hat ihm von der befreienden Wirkung des konsequenten Aufräumens erzählt und es würde klatschen, sähe es ihn jetzt, wie er ein Ding nach dem anderen durch das Fenster loswird.
Am Abend regnet es in die Mulde hinein. Die Bücher saugen sich mit Wasser voll. Gott auf seinem Balkon sieht zu, wie der Regen nicht unterscheidet zwischen Erdboden und Buchrücken, zwischen Stuhlpolster und Baumblättern. Wie er gleichmässig und unerbittlich niederprasselt, bis aus der Mulde ein alter, verbrauchter Geruch zu steigen beginnt. Gott hat ein eigenartiges Gefühl. Er steht die halbe Nacht dort draussen auf dem Balkon.

In der Wohnung und in ihrem System kreist die Erde in bedenkenswerter Unbekümmertheit.
Der herannahende Frühling vermag Reh nicht zu besänftigen. Den ganzen Tag hat es diese Vorahnung, als würden im nächsten Augenblick alle Fenster der Stadt zerspringen.
Am Abend ist noch immer alles ganz. Die Zeitung liegt offen auf dem Tisch und der Wind fädelt sich durch die Fensterritzen. Reh versucht Schwein zu erreichen, aber es hört nur den Anrufbeantworter.
Die Wahrheit ist: Noch nie ist tatsächlich dann etwas zersprungen, wenn Reh damit gerechnet hat. Es steht also auf und geht ins Bad, putzt sich die Zähne. Entlang dem Spiegel balanciert ein Käfer, Reh wedelt mit einem Huf, aber der Käfer ignoriert den Wind, der seinen Körper kurz ins Kippen bringt.
Reh muss daran denken, wie es letzthin Hirschs Bein angelächelt hat und Hirschs Bein unter Rehs Lächeln zusammengezuckt ist.
Es speit die Zahnpasta in den Schüttstein, löscht das Licht. Ein Reissverschluss sirrt hoch, dann knallt die Tür ins Schloss.

Die Tanne wiegt sich nicht im Wind, sie steht als stumme Wächterin vor Hirschs Wohnblock. Im ersten Stock brennt Licht und hinter einem dicken Vorhang bewegt sich gebückt der Schatten einer Ziege.
Reh ist davon ausgegangen, dass auch bei Hirsch Licht

brennt, es traut der Dunkelheit hinter Hirschs Fenstern nicht. Im Hauseingang riecht es nach Frittiertem. Reh drückt die Klingel. Hirsch ist der Einzige, dessen Namen nicht in eine Metallplatte eingraviert ist. Innerlich zählt Reh bis zweiunddreissig. Es sieht Hirsch vor sich an einer Bar, über den Tresen gebeugt, lachend, weit lachend. Hirsch inmitten einer wogenden Menge. Strobo und Bass. Hirsch, der etwas brüllt. Ins Ohr eines Pferds. Hirsch in einem Hinterhof, zwischen blauen Müllsäcken. Die Beine des Pferds über den seinen. Eine Flasche Bier. Leer und im Mondlicht bläulich schimmernd. Hirsch in der Wohnung des Pferds.
Mit voller Kraft drückt Reh die Klingel. Hirsch auf der Bettkante des Pferds. Hirsch auf dem weissen Laken des Pferds. Das Pferd auf Hirschs Körper. Eilig verlorene Kleider auf dem Parkett.
Reh wendet sich angewidert ab, an der Tanne vorbei geht es durch die Nacht. Es murmelt unverständliche Dinge.

Episode drei

In der Gott einen Wunsch hat, in der Schwein sein Bett teilt und Dachs und Reh aufs Dach steigen.

Schwein sagt eines Mittags, als es mit Dachs und Gott in der Küche sitzt, es falle ihm schwer, niemandem von Gott zu erzählen, vor allem dann nicht, wenn seine Bekannten sich vor dem Essen bei Gott bedanken. Schwein möchte ihnen dann sagen: »Wollt ihr nicht persönlich vorbeigehen?«
Oder: »Ich kenne Gott und ich kann ihm euren Dank für das Essen sonst ausrichten.«
Oder: »Gott hört uns nicht, wenn wir Danke sagen, er ist wahrscheinlich selbst grad am Essen.«
Schwein zieht eine alte Zahnarztrechnung aus der Tasche seines Overalls, auf deren Rückseite Fragen notiert sind.

»Da ich – «

Schwein räuspert sich.

»Da ich in deiner Anwesenheit oft vergesse, was ich fragen wollte, habe ich meine Fragen aufgeschrieben. Ich fange oben an. Erstens ... Hast du ein Inventar der Erde?«

Schwein rückt wie eine wichtige Beamtin den roten Hut zurecht.

Gott muss lachen.

Schwein fügt hinzu: »Wie viele Ratten gibt es auf der Erde?«

»Kanalratten?«, fragt Gott.

»Zum Beispiel.«

Gott sagt eine lange Zahl.

»Was?« Jetzt lacht Dachs.

»So genau hat noch nie jemand gefragt«, sagt Gott.

»Und wie viele Tulpen?«

»Blühende!«, wirft Dachs ein.

Gott sagt: »Achthundertmillionendreihundertvierundsechzigtausendzweihundertundacht.«

»Nicht etwa Achthundertmillionendreihundertvierundsechzigtausendzweihundertundelf?«, fragt Dachs, aber Schwein unterbricht diese Albernheit und stellt Frage Nummer zwei: »Können Götter Kinder haben?«

So geht es den ganzen Abend lang weiter.

»Wer ist deine Mutter? Hast du den Tod erfunden? Das Wasser? Und was hast du davor gemacht?«

Gottes Wangen glühen. Sie arbeiten Frage um Frage durch.

»Wie kam dir die Idee für die Erde, gibt es ein Schicksal und wenn ja, kann man es irgendwo nachlesen? Warst du mal verheiratet, woran glaubst du, kennst du uns alle? Und was ist das Schönste, was du je geschaffen hast?«

Jetzt glüht Gottes ganzer Kopf.

Noch nie zuvor wurden ihm auf einmal so viele Fragen gestellt, und nie zuvor hat sich jemand tatsächlich für die Antworten interessiert, so wie Dachs und Schwein, die ihm wie zwei alte Freunde zuhören und blöde Witze machen.

Als Schwein und Dachs sich an jenem Abend verabschieden, fragt Gott: »Könnt ihr mich mitnehmen?«

Es ist die erste Bitte, die Gott an seine Schöpfung stellt, und die Dringlichkeit, die daraus spricht, schnürt Dachs den Hals zu. Nie würde Dachs jetzt wagen, *Nein* zu sagen oder *Ich weiss nicht*. Er schluckt den Zweifel, dass der Apparat bei dem Versuch in die Brüche gehen wird und Schwein und Dachs nie mehr zurück auf die Erde gelangen oder alle drei in irgendeinem Zwischenort landen oder ersticken oder zerschellen, wie einen zu grossen Schluck Wasser runter und sagt: »Also gut.«

Gott will noch ein paar Dinge packen.
Dachs und Schwein warten im Eingang. Schwein trippelt auf und ab.

»Er kann bei mir wohnen, ich hab ein Ausziehsofa.«

Dachs nickt, in der Stube rumpelt es.

Gott kommt zurück, er ist hochrot vor Aufregung und trägt auf seinem breiten Rücken einen Rucksack, den er bei einer Sportveranstaltung gewonnen hat.

»Es ist besser, wenn du die Augen schliesst«, sagt Schwein, »es wird dir weniger schwindelig.«

Und in einem Anflug von Freude schlingt es seine Arme um Gottes Bauch.

Zurück in Dachses Werkstatt gucken Schwein und Dachs hinter den Türen.

»Nanu?«, sagt Schwein. Es sieht in der Quadratküche nach, unter der Treppe, rund um das Bretterhaus, es sucht bei den Briefkästen und in der nahegelegenen Tiefgarage. Gott scheint nicht auf der Erde gelandet zu sein. Dann ist Gott im Geröll, denkt Schwein. Es stellt sich ihn an einem rauen Abhang vor. Inmitten von grauem, glattem Schiefer, um ihn herum: Nebelschwaden.

Dachs hat das Wort an Gott gerichtet. Er schaut zur Decke und durch die Decke sozusagen in den Himmel und durch den Himmel sozusagen durchs System und durch das System in Gottes Stube.

»Gott«, sagt Dachs, »hier spricht Dachs.« Er spricht seriös, da er sich vorstellt, Gott stünde enttäuscht vor seiner Erde und sei für keinen Scherz zu haben. »Der Versuch ist offenbar gescheitert. Wir können dich nicht wechseln.«

Es kommt Dachs vor, als spräche er auf einen Anrufbeantworter, seine Stimme klingt nüchtern und komisch belegt.

»Aber wie gesagt, es ist nicht geklärt, ob es überhaupt eine gute Idee ist. Du auf der Erde – « Dachs stellt sich die Fernbrille vor, die nun auf ihn gerichtet ist und Gottes offenen Mund. Er will sich nicht anmassen, Gott zu sagen, was er für richtig hält, und bricht seine Rede ab.

»Wo ist er?« Schwein kommt herein.

»Er ist oben geblieben«, sagt Dachs. »Wohl kann er nicht *Zurück*, wenn er nie *Hin* gegangen ist.«

»Ist er noch in der Leitung?«, fragt Schwein.

Es schaut durch die Decke hoch in Gottes Stube.

»Es tut uns leid«, ruft Schwein etwas zu laut »wohl kannst du nicht dorthin zurück, wo du nie warst.«

Schwein sieht zu Dachs rüber, der über einen Metallzylinder gebeugt irgendwelche Masse nimmt, und dann sieht es wieder zur Decke.

»Wir kommen morgen vorbei, okay?« Schwein winkt.

»Wie wissen wir eigentlich, ob er uns hört?«, fragt es.

»Wissen wir nicht«, sagt Dachs.

»Er könnte uns ein Zeichen geben«, sagt Schwein nachdenklich. »Ein Erdbeben oder ein Gewitterchen.«

Nun warten sie beide darauf, dass irgendetwas geschieht, dass Wolken sich am Himmel zusammenbrauen zum Beispiel und eine einwandfreie Kugel bilden, die als riesiger Wolkenball gemächlich in die Ferne schwebt.

Da nichts passiert, ausser dass draussen Nacht wird, sagt Schwein: »Ich fahr nach Hause, holst du mich am Morgen ab?«

Es hält seinen Hut mit dem linken Huf fest, während es energisch in die Pedale tritt, sodass es wie auf einem schnellen Ritt, hochgehoben wird.

Als es die Wohnung aufschliessen will, dreht der Schlüssel vergeblich im Schloss. So unbekümmert bin ich schon, denkt Schwein, dass ich die Tür zuzuschliessen vergesse. Und es fragt sich, ob wohl auch die Herdplatte noch brennt, seit gestern.

In Gottes Gang liegt ein Fisch.
Eben ist Gott in seiner Wohnung und nicht auf seiner eigenen Erde gelandet.
Bevor er darüber hätte enttäuscht sein können, entdeckte er diesen riesigen, blauen Fisch. Gott hat ihn erfunden. Vor langer Zeit einmal und in einem gänzlich anderen Format. Die Grösse, die ein Fisch seiner Art normalerweise erreicht, beträgt einen halben Meter. Dieser Fisch ist mindestens viermal so gross. Er steckt wie ein Speer im Eingang, seine Schwanzflosse ist im Schuhregal verkeilt, der Kopf drückt die Wand gegenüber ein.
Der Fisch schielt zu Gott. Die Haut rund um seine Augen ist gelb gesprenkelt.
Gott sagt: »Hallo.«
Der Fisch sagt nichts. Es sieht aus, als sei er schon ewig hier in Gottes Gang eingeklemmt und warte darauf, dass jemand nach Hause kehrt und ihn rausmurkst.
Gott geht ins Bad, in den einzigen Raum der Wohnung, zu dem er noch Zugang hat, ohne den Fisch überqueren zu müssen. Er setzt sich auf den Wannenrand. Auf seinem Rücken sitzt immer noch der kleine Rucksack, den er bei einer Sportveranstaltung gewonnen hat.

Reh hat bei der Tankstelle Taschentücher gekauft und eine Flasche Gin. Es gab den Pin seiner Bankkarte ein, einmal, und er stimmte.
Es ging den Gebüschen entlang, sodass ihm Zweiglein gegen die Stirn schlugen, blieb stehen, trank. Wünschte sich, dass es regnen würde. Immerhin: Es wurde dunkel.

Auf dem Weg zu seiner Wohnung macht Reh einen Zwischenhalt bei Schweins Block. Schwein öffnet sofort. Es zieht Reh aus dem Flur und in die Küche.
Reh redet. Dann schauen sie ein Musikvideo: Ein Lama und ein Löwe tanzen einen betörenden Tanz. Zuerst in den Strassen einer Grossstadt, danach auf einer Brücke. Sie tanzen eng und die Musik tut, als könnte sie fliegen.
Schwein wechselt zu einer Yogastunde. Ein Schaf dehnt sich. Hin und wieder sagt es: »Und tief, tief einatmen. Und tief, tief ausatmen.« Und zieht dabei die Wörter unaushaltbar in die Länge. Rehs Augen ruhen auf dem Schaf, ohne etwas zu sehen.
Schwein holt Schokolade.

»Die ist vom letzten Winter.«

In ihren Mündern mahlen die Zähne, Reh kaut, bis der Stein Matsch geworden ist und ohne Aufwand in die Speiseröhre rutscht.

»Ich habe begonnen – und das macht mein Leben irgendwie einfacher –«, beginnt Schwein, »mich aus mir selbst zu nehmen, aus mir herauszutreten sozusagen, um mich von aussen zu betrachten ... Weisst du, was ich meine? Es wird alles relativer dadurch, sagt man das so, relativer?«

Von Reh wird nicht erwartet, dass es nickt.

»Als schaue ich einen Film über mich selbst.« Schwein lächelt und wirkt weise.

»Ich glaube, ich war noch nie so traurig«, sagt Reh.

»Und wenn du jetzt versuchst dieses Filmding zu machen«, fragt Schwein vorsichtig, »dich von aussen anschaust?« Es legt einen Huf auf Rehs Rücken.

»Dann hab ich nur noch mehr Mitleid mit mir selbst«, sagt Reh und seine Tränen tropfen auf den Stein und weichen ihn auf.

Hirsch hat gesagt: »Wir passen einfach nicht zusammen.« Dann ist er auf das Velo gestiegen und mit seinem Geweih, das sich so unbewegt auf seinem Kopf hielt, davongefahren. Als gäbe es Dinge, über die es sich nicht lohnt, zweimal nachzudenken.

»Leg dich ein bisschen in mein Bett«, rät Schwein. Also geht Reh in Schweins Zimmer. Schweins Kleider liegen unordentlich am Boden herum. Von der Decke baumeln drei getrocknete Rosen. Es riecht nach Duftkerze.

Das sind die Dinge, die man weiss und die man benennen kann. Das Zimmer hat zwei Fenster. Beide sind geschlossen. Die Vorhänge sind fransig, grau. Auf dem

Nachttisch steht in grellen Farben eine winkende Katze. Reh zieht das zu kleine Duvet über seinen Körper und löscht das Licht.

»Wir sind alle einsam«, hat Hirsch einmal gesagt. Reh hat nur gelächelt, da diese Aussage angesichts seiner Nähe zu Hirsch gerade gar nicht zutraf.

Es hört Schwein abwaschen und es hört Schwein im Gespräch mit sich selbst. Nach einigen Badezimmergeräuschen tappt Schwein mit einer Taschenlampe ins Zimmer. Aus einem der Kleiderhaufen zieht es zielsicher einen Pyjama.

»Die lockt das Glück an«, sagt Schwein und leuchtet der Katze ins Gesicht.

»Ach ja?«, murmelt Reh.

»Und das Unglück hält sie fern.«

Schwein kichert. Kurz sieht es aus, als werde es nun eine grosse Geschichte ausbreiten, stattdessen bettet es sich neben Reh. Es sorgt dafür, dass stets ein Bein oder sein ganzer Rücken gegen Rehs Körper drückt. Reh soll wissen, dass Schwein sich nicht verschieben oder gar verschwinden wird.

In der Stube blinkt das System. Gott geht daran vorbei. Mit einem Brot in der Hand klopft er an der Badezimmertüre.

Der Fisch ist auch noch wach. Seine Augen stehen weit offen, sie schimmern weiss und der Körper schimmert blau, als wären die Schuppen immer noch nass. Die Badewanne müsste dreimal so gross sein, um den Fisch zu fassen, seine Schwanzflosse flappt über den Wannenrand und auf die weissen Kacheln.

»Hast du Hunger?«, fragt Gott. Er setzt sich auf den WC-Deckel.

»Nein?« Gott legt nun Brotkrümel in den Fischmund und linst in den Rachen. Der Fisch schluckt nicht, er guckt nur und die Brösel fallen in die Tiefe. Hat es dir wohl die Sprache verschlagen, denkt Gott. Als er eine Trosthand auf die Fischflosse legen will, geht ein Ruck durch den Fisch.

»Es tut mir leid!« Gott zieht die Hand zurück. Er hat mit einem Kurzschluss nicht gerechnet, auch nicht mit einem, der einen Fisch aus einem Meer reissen und in seinen Gang werfen würde.

»Ich bring dich morgen zurück«, verspricht Gott, obschon er keine Ahnung hat, wie er das anstellen wird.

Nach der Fütterung holt er das Radio aus der Küche. Er schaltet durch die verschiedenen Kanäle, bis er den Sender mit den Naturgeräuschen gefunden hat. Auf das Windrauschen folgt das Glucksen eines Flusses, dann spielen sie das Murmeln von Steinen unter Wasser ab. Die Qualität der Aufnahme ist nicht sonderlich gut. Aber Gott sieht, wie der Fisch müde wird, wie sich seine Lider senken. »Wo ist dein Meer?«, flüstert er. Das Meer, dem jetzt dieser Fisch fehlt.

Reh kann nicht sagen, dass die Zeit vergeht, aber es kann auch nicht das Gegenteil behaupten.
Unter dem Wachsblick der Glückskatze ist Schwein eingeschlafen. Der Verkehr draussen schläft nicht, immer wieder rauscht ein Auto durch die Nacht. Reh steht auf. In der Küche nimmt es mit geschlossenen Augen einen grossen Schluck aus der Ginflasche. Als es die Augen wieder öffnet, sieht es, wie ein Dachs Schweins Kühlschrank aufmacht. Der Dachs sieht echt aus, Reh blinzelt.
Er sagt: »Morgen« und schüttet Haferflocken in eine Schale.
Reh hat noch nie gesehen, dass jemand die Flocken in die Milch statt die Milch in die Flocken schüttet.

»Ich mache das umgekehrt«, sagt es.

Der Dachs rührt die Haferflocken ein. Sie wollen sich nicht unter die Milchoberfläche drücken lassen.

»Ich bevorzuge es, wenn ich die Flocken der Milchmenge anpassen kann.«

Der Dachs lächelt und setzt sich an Schweins Küchentisch.

»Woher kennen Sie Schwein?«, fragt er und beginnt zu essen.

Der Dachs trägt eine runde Brille, die ihn sehr schlau aussehen lässt.
Er sagt: »Sie haben Flecken rund um die Augen.«
Reh fragt sich, wie Dachs das wissen kann, wo er von seiner Milchsuppe gar nicht aufschaut.

Es beugt den Kopf, um sich in der Spiegelung des Backofenfensters anzuschauen.

»Kommen Sie mit aufs Dach?«, fragt Dachs.

Und dort sitzen sie dann und hören den Wind, der an den Ziegeln rüttelt, und Dachs, wie er sich am Rücken kratzt.

»Man müsste zurückspulen können«, sagt Reh, nachdem lange keiner etwas gesagt hat.

»Wir wieder runter vom Dach?«, fragt Dachs.

»Ja. Alles passiert rückwärts: Wir gehen rückwärts in die Küche, wo wir uns rückwärts begegnen. Ich gehe zurück ins Bett und die Sonne geht rückwärts wieder unter.«

Reh klopft mit dem Huf gegen das Dach, es scheppert.

»Ich gehe gestern zurück zur Tankstelle, ich kriege das Geld zurück und der Gin geht zurück ins Regal und die Nastücher sind sauber und gefaltet. Die Tränen verschwinden im Tränenkanal. Hirsch fährt mit seinem Velo zurück zu diesem Fleck, wo er mich stehengelassen hat. Ich sage *Bitte geh nicht.*«

»Thcin heg ettib« sagt Dachs.

»Und die Wolken ziehen rückwärts über den Himmel. Wir treffen uns vier Mal rückwärts, wir verlieren nach und nach, was wir übereinander wissen, bis wir uns nie gekannt haben.«

Reh verstummt. Die Nacht ist schon am Aufhellen und sie sehen das Laub vom letzten Herbst in der Regenrinne. Dachs zieht etwas aus der Tasche. Es sieht aus wie eine Stoppuhr.

»Damit kannst du nicht zurückspulen, aber wenn du den roten Knopf drückst, kannst du die Gegenwart aufnehmen. Record. Mit dem gelben kannst du sie wiedererleben, Play«, sagt Dachs.

Er überreicht Reh das Gerät.

»Du kannst es haben, ich bin an der Vergangenheit nicht interessiert.«

Reh nickt, es öffnet den Mund.

In diesem Moment hangelt Schwein sich an der Leiter hoch aufs Dach.

Es sagt: »Ich habe von euch geträumt. Wir sind zu dritt zu Gott gegangen und haben ihm geholfen, einen Fisch an ein Meer zu tragen.«

Episode vier

In der Schwein ins Jenseits will, Dachs Kirschen von der Torte pflückt und Gott einen Brief an seine Schwester schreibt.

Gott hat Dachs und Schwein ein bisschen vergessen. Nicht eigentlich, aber als sie in seinem Gang stehen, erschrickt er über ihre physische Erscheinung.

»Wir dachten schon, du wärst verschollen«, sagt Schwein, es will Gott umarmen.

»Nein, ich bin hier«, sagt Gott so sachlich, dass Schwein die Umarmung unterbricht.

»Ja«, sagt es, etwas leiser, »wir sahen es an den Schuhen.«

In der Küche warten sie auf das Gespräch.
Vom misslungenen Versuch, Gott auf die Erde zu wechseln, sprechen sie nach der Begrüssung nicht. Zu Schweins Enttäuschung verhalten sie sich auch sonst, als hätten sie jeden gemeinsamen Nenner verloren.
Es geht so weit, dass Dachs Gott nach Sirup fragt, da ruft Schwein: »Halt! Wir sind doch Freunde.«

»Ja?«, sagt Gott.

»Freunde fragen nicht, ob es noch Sirup hat, sie schauen einfach im Kühlschrank nach.«

Gott macht eine einladende Geste, auf dass Dachs den Kühlschrank öffne und den Sirup herausnehme.
Dachs tut wie ihm befohlen, greift nach dem Sirup, dann greift er nach etwas anderem, etwas hinter dem Sirup.

»Kombu? Ist das Kohl?«

»Nein, Algen.«

»Isst du das?«

»Nein«, Gottes Stimme wackelt, »das ass der Fisch.«

Sie stehen im Gang. Gott erklärt, wie der Fisch hier eingeklemmt war. Als er ihn heute im Badezimmer besucht habe, sei der Fisch trauriger gewesen als am Abend zuvor. Sein Blick verschwommen wie Wasserfarbe, in der zu viel Wasser ist. Die ganze Zeit über lief das Radio mit den Naturgeräuschen, wenn Gott den Lautstärkeregler nach unten bewegte, riss der Fisch alarmiert die Wasseraugen auf.
Gegen zehn Uhr hat Gott ein Telefonat geführt mit seiner Schwester und als er zurück ins Bad ging, war der Fisch tot.
Gott hat den kalten Körper in den Wald geschleppt, zum nächsten Tümpel. Dort liess er ihn hinabgleiten ins schwarze Wasser. Gott ist Ewigkeiten dort gestanden. Auch als das Glitzern der Fischschuppen längst in der Tümpeltiefe verschwunden war.

»Wir hätten früher zurückkommen müssen und ihn auf die Erde wechseln«, sagt Schwein.

Gott zuckt mit den Schultern, aber er sieht ziemlich verzweifelt aus. »Jetzt ist er weg.«

»Im Jenseits«, sagt Schwein, ohne zu zögern.

»Im Jenseits?«

»Ja.«

»Wo ist das?«, fragt Gott.

»Örtlich ist das schwierig zu sagen«, sagt Schwein.

»Was macht der Fisch dort?«

Schwein lehnt sich zurück in seinem Stuhl, sodass die vorderen beiden Stuhlbeine in der Luft schweben.

Offensichtlich geniesst es das; befragt zu werden, als habe es bezüglich Jenseits eine Expertise.

»Er malt Landschaftsbilder.«

Gott lächelt.

Das kann er sich gut vorstellen. Der Fisch vor seiner Leinwand mit einem feinen Pinsel, wie er grüne Halme malt und gelbe Tupfer.

»Ich möchte ihn dort besuchen. Bestellen wir ein Taxi«, sagt Gott. »Guten Tag, bringen sie uns bitte ins Jenseits.«

»Kein Problem. Steigen Sie ein«, sagt Schwein mit kratziger Stimme, »ich werde Sie über eine wunderbare Klippe fahren.«

»Das freut mich sehr.«

»Moment – sind Sie nicht Gott?«, fragt Schwein als Taxifahrer.

»Doch, der bin ich.«

»In diesem Fall muss ich Sie leider bitten, auszusteigen.«

»Warum? Ich will das Jenseits besuchen.«

»Sie dürfen nicht sterben, sie haben hier eine Verantwortung wahrzunehmen, geehrter Gott.« Wie nobel Schwein sich heute ausdrückt.

»Nur kurz natürlich, nicht für immer«, sagt Gott, er lässt die Schultern hängen. Schwein wendet sich Dachs zu, der bis anhin aus dem Fenster geschaut hat.

»Erfindest du uns ein Gerät, mit dem wir ins Jenseits wechseln können?«

Dachs erinnert an einen berühmten Professor, wie er jetzt bescheiden das Wort ergreift. Nicht berauscht, höchstens besorgt über die mögliche Reichweite seiner Erfindung.

»Aus technischer Sicht ist ein weiteres *Hin* mit dem Apparat möglich. Ich habe schliesslich kein Raumlimit gesetzt.«

Gott steht auf und wühlt in einer Schublade.

»Ich habe nichts vor«, sagt Schwein, »wir können sofort los.«

»Ins Jenseits?«, fragt Gott.

»Zu deinem Fisch«, sagt Schwein.

Gott zieht nacheinander eine Gabel, einen Korkenzieher, eine Scherbe aus der Schublade, betrachtet sie ohne grosses Interesse. So macht er eine Art zufälliges Inventar. Öffnet jede Schublade, zum Schluss auch den Schrank.

Seine Hand hat jede Ruhe verloren, als er die Flasche mit dem Apfelmost aufschraubt. Jetzt gleich zur nächsten Reise aufbrechen – bevor ihm der Boden unter den Füssen wegtaumelt, setzt Gott sich hin. Der Most plätschert in die Gläser, danach ist es still.

Als habe das Universum kurz den Atem angehalten, damit sie hinhören können.

Zurück auf der Erde tut Schwein so, als würde es nie wieder lebendig werden.
Es verabschiedet sich von Freundinnen und Bekannten, bringt ihnen Früchte und Joghurt, die in seinem Kühlschrank sonst vergammeln würden. Es fragt Reh, ob es mitkomme, auch wenn Schwein weiss, dass Reh erst im Sommer Ferien nehmen kann.
Als Schwein gegen Abend am Rummelplatz vorbeiradelt, möchte es eine Fahrt auf der steilsten Achterbahn wagen. Sich die Frisur verwehen lassen. Die Nacht durchtanzen. Bis zum Mittag schlafen. Heiraten. Aber die Zeit reicht gerade noch, um den Koffer zu packen, den Schlüssel im Briefkasten zu verstecken.

Gott wartet am offenen Fenster.
Er sieht in die herannahende Dunkelheit; dort endet die Treppe zu seinem Haus, dort öffnet sich das weite Feld; dahinter beginnt der Wald.
Gott klatscht in die Hände, zwei Mal, laut.
Er ruft: »Danke! Danke vielmals!«
Aber die Dämmerung scheint mit seinem Ruf nichts anfangen zu können. Sie wirft nichts zurück. Dieses fehlende Echo lässt Gott schaudern.
Hastig beginnt er einen Brief an seine Schwester. Während er schreibt, weiss er bereits, dass er den Brief nicht per Post verschicken wird. Seine Schwester wird ihn finden, wenn sie eines Tages zum Joggen vorbeischaut. *Ich*

bin weg, ich weiss nicht, wie lange. Unter seinen Namen setzt Gott einen Schnörkel.
Der Brief auf dem Küchentisch sieht nett aus, wie die Anleitung für jemanden, der die Pflanzen giessen, der die Kanarienvögel füttern soll.

Schwein trägt den Paillettenhut, die Lippen hat es rot geschminkt.

»Gut siehst du aus«, sagt Gott.

»Es kommt mir vor, als würden wir in die Ferien fahren! Ich hoffe, es ist dort wie in den Ferien.«

Gott schleppt ihre Gepäckstücke in die Stube, neben die Erde.

Als er Schweins altmodischen Koffer am Henkel hochhebt, zieht ihn dessen Gewicht gleich wieder zu Boden.

»Schwein! Dein Koffer wiegt eine Tonne. Was hast du eingepackt?«

Schwein tritt in die Stube.

»Was?«, fragt es.

»Dein Koffer – warum ist der so schwer?«

»Ich hab einfach eingepackt, was auf meiner Packliste stand.«

»Fünfzig verschiedene Schuhe?«, ruft Dachs aus der Küche.

»Das Schwein muss hinaus ins feindliche Leben.«

Schwein wirft einen Blick auf seinen Koffer.

»Wir können das Gepäck im Jenseits sicher in ein Schliessfach tun«, sagt Gott.

Schwein hat sich eine Torte gewünscht, eine Turmtorte, wie zu einer Hochzeit. Sie haben die schönsten Servietten gedeckt, dazu die Kristallteller aus dem Keller. Die Torte macht kein Geräusch, als Gott sie anschneidet.

»Wollen wir mit den Hufen essen?«, fragt Schwein.

»Jedem das seine.« Dachs zieht die Gäbelchen aus Gottes Besteckschublade.

»Bonapp«, sagt er.

Manchmal lässt einer von ihnen ein Mmh oder ein Hm hören.

»Schade, kann Reh nicht mitkommen«, sagt Schwein.

»Tatsächlich sehr schade«, sagt Dachs.

Gott, der Reh nicht persönlich kennt, sagt nichts.

»Soll ich die Geschichte vom Hahn erzählen, der an einem Strand gefunden wurde und vergessen hatte, wer er war?«, fragt Schwein.

»Ja gern«, sagt Gott.

Dachs pflückt eine Kirsche von seiner Torte und legt sie an den Tellerrand.

Schwein sagt: »Also der Hahn«, dann verstummt es, als wäre die Geschichte mit »Also der Hahn« schon erzählt.

Dachs schiebt eine weitere Kirsche an den Tellerrand.

»Wir könnens auch bleiben lassen«, sagt Schwein.

»Die Torte?«, fragt Gott.

»Nein, den Tod.«

Stille.

»Niemand muss ins Jenseits«, sagt Gott.

»Ich will schon, aber was, wenn wir die Toten treffen!«, ruft Schwein.

»Davon würde ich nicht ausgehen«, sagt Dachs.

»Meine Grossmutter zum Beispiel ist von einem Auto überfahren worden«, sagt Schwein.

»Oje«, sagt Gott.

»Ich will meine überfahrene Grossmutter nicht sehen.«

»Das lässt sich sicher einrichten«, sagt Gott.

Schwein streckt die Arme aus, langt nach einem gigantischen Stück Torte und stopft es sich in den kleinen Mund.

»Es ist unwahrscheinlich«, sagt Schwein, »dass wir, wenn wir tot sind, noch etwas essen werden, aber ich muss sagen: Ich bedaure das.«

Eine Stunde später, das Geschirr ist gespült, rauchen Schwein und Gott eine Zigarre auf dem Balkon. Schwein lehnt sich zurück, der Rauch, hat Gott gesagt, sei nicht bis in die Lungen zu ziehen, der Abendvogel trällert.

»Singt er immer dasselbe?«, fragt Schwein.

»Ja«, antwortet Gott.

Drinnen rauscht Wasser.

»Duscht Dachs?«, fragt Schwein.

»Ich muss was Bequemeres anziehen«, sagt Gott.

»Deine Trainerhose.«

Aber Gott kann sich nicht aufraffen.

»Warum fahren wir nicht einfach in die Ferien? An die Costa Rara? Nach Gazilien?«, sagt Schwein.

»Wir fahren ins Jenseits«, antwortet Gott.

»Ich hoffe, dort gibt es ein Meer.«
»Garantiert«, sagt Gott.
»Ich hoffe, ich kann dort baden«, sagt Schwein.
»Ich hoffe es auch«, sagt Gott und auf seinem Gesicht ereignen sich, wie die Farben eines Regenbogens, alle Gefühle gleichzeitig.

Episode fünf

In der Schwein, Gott und Dachs lange Zeit durch die Wüste gehen, ein weiterer Wechsel nötig wird und für Reh fast alles ausserhalb seiner Vorstellungskraft liegt.

Auf den ersten Blick sieht es im Jenseits nicht nach Baden aus.
Schwein prüft den Sand mit einem Huf.

»Ist es das?«, fragt es.

»Vielleicht müssen wir noch ein bisschen weitergehen, bis wir dort sind«, sagt Gott.

»Wo sind?«, fragt Schwein.

»Im Ort halt.«

Sie gehen los.
Halten Ausschau.
Nach einer Weile bleibt Schwein stehen, es sagt: »Ich fühl mich überhaupt nicht tot.«

Die Landschaft: eine Wüste wie aus dem Wüstenkalender. Anmutige Dünen. Sand, Sand, Sand, so weit das Auge reicht.
Sie marschieren lange, ohne Rast einzulegen. Bei jeder Düne die Hoffnung, dahinter liege der Ort.
Schwein wechselt bald die Strategie, es stellt sich darauf ein, dass nichts auftauchen wird: weder ein Ort noch ein Haus, weder ein Restaurant noch eine Bar.
An einer Stelle, die jede Stelle hätte sein können, lässt es den Koffer in den Sand stürzen.

»Trinken wir einen Tee«, sagt es.

Es packt den Gaskocher und eine kleine Blechtasse aus.

»Erfindest du uns einen zweiten Becher?«, fragt Schwein Dachs.

»Das ist Sand«, sagt Dachs, »das taugt nicht als Material.«

Schwein sucht im Rucksack nach der Teemischung.

»Sand ist Staub, ich kann aus Staub keine Tasse – «

»War nur ein Vorschlag«, sagt Schwein. »Niemand kann aus Sand eine Tasse machen, wie will man auch: Korn an Korn leimen?«

Nachdenklich geht Dachs davon.

Gott ist auf die höchste Düne geklettert und rutscht, die Schuhe im Sand, schubweise wieder runter.

»Weit und breit niemand«, sagt Gott, »nur hin und wieder ein Insekt.«

»Eins, das du kennst?«, fragt Schwein.

Gott zuckt mit den Schultern.

»Und diese Blume?«, Schwein zeigt auf eine kniehohe Pflanze, die aus dem stillen Boden gewachsen ist und blüht wie Rosenkohl. »Hast du die entworfen?«

»Kommt mir nicht so bekannt vor.«

»Aha!«

»Was?«

»Diesen Ort hast nicht du erfunden.«

»Ich weiss es nicht.« Er zupft an den Blättern. »Sie gleicht der süssen Fellpflanze, dann wäre sie giftig. Man könnte eine Spitze davon in den Tee geben und der Magen wäre k. o.«

Schwein giesst jetzt Tee in die Blechtasse. »Weisst du, wo ich jetzt eigentlich wäre?«, fragt es.

Schwein sieht zu Gott rüber, der wiederum in die Richtung sieht, in die Dachs vorher verschwunden ist.
Es wartet ab, ob Gott seine Frage bemerkt hat.

Gott schüttelt kurz den Kopf: »Wo wärst du eigentlich?«

»Ich wär auf der Wüstentour! Tauchen Sie ein in die Kultur von Palmen, Kasbahs und Oasen. Lauschen Sie den Geschichtenerzählern am Lagerfeuer.«

Schwein schlürft Tee.

»Dort wär ich jetzt, im traditionellen Wüstenzelt.«

»Das hätte wohl auch seine Vorteile.«

»Warum seid ihr so bedrückt?«

Gott sagt: »Ich?«

»Und der Andere.«

»Dachs?«

»Ja.«

»Wahrscheinlich, weil wir dachten, im Jenseits sei es – «

»Gemütlicher?«

»Nein, aber der Sand rinnt einem überall in die Kleider.«

»Wir hätten wohl Schlafsäcke mitnehmen müssen.«

»Die Schlafsäcke, die Dusche, den Wein, die Sitzkissen … «

In einiger Entfernung ist Dachs zu sehen, sein Kopf taucht wie eine Boje hinter den Dünen auf und verschwindet wieder.

Sie warten auf eine Veränderung am Himmel oder in der Luft.

»Es werde Nacht«, sagt Gott. Nichts passiert. Das Licht bleibt grell und gefrässig.

»Schlafen werde ich trotzdem!«, ruft Schwein, sodass auch Dachs es hören kann. Es richtet sich in einer Sandkuhle ein, mit dem Paillettenhut bedeckt es sein Gesicht.

Gott tut es ihm gleich, legt sich in einem vorsichtigen Abstand zu Schwein hin.

»Fühlst du dich tot?«, fragt Schwein.

»Nicht sehr«, sagt Gott. Er streift die Turnschuhe im Liegen ab, so rinnt kein Sand hinein.

Sie wünschen sich eine gute Nacht.

»Wenigstens sind wir nicht wie Insekten in Bernstein eingeschlossen«, sagt Schwein noch, und auch Gott findet diesen Gedanken beruhigend.

Nacht ist nicht geworden. Deshalb gibt's auch keinen Tagesanbruch, keine Morgenröte, keinen ersten Sonnenstrahl, der auf den Sand fällt, sodass dieser zu sirren beginnt.
Wären da nicht die kleinen Insekten, die herumschwirren, man könnte meinen, bei dieser Landschaft handle es sich um ein begehbares Foto.
Sie marschieren weiter Richtung Osten. Dachs geht mit seinem Kompass voran, den Apparat trägt er aus Sicherheitsgründen unter seinem T-Shirt.
Gott trottet im Abstand von etwa hundert Metern hinterher. Es ist keine Kunst, der Route von Dachs und Schwein zu folgen. Mit dem Koffer, den es wie einen Schlitten hinter sich herzieht, gräbt Schwein eine fette Linie in den Sand.
Hin und wieder wartet es Gott ab.

»Gibt es eigentlich Landschaften, die niemand erfunden hat?«, fragt es.

»Hm«, macht Gott.

»Dieser Ort ist so verlassen. Ich hab das Gefühl: Niemand kümmert sich darum.«

»So sind Wüsten«, sagt Gott. Er denkt an den Fisch, den er hier hat finden wollen. Wie er hinter seiner Staffelei sitzend die Landschaft malt. Es kommt Gott unmöglich vor, jemanden zu finden, der nicht direkt neben einem steht oder dessen Adresse man auswendig kennt.

Schwein reiht gedanklich Dinge am Horizont auf. Ein Eisfeld. Einen Zirkus. Einen Garten. Einen Pool. Sonnenblumen.

»Ich hatte vorhin fast eine Fatamorgana«, sagt Schwein, es holt Dachs ein.

»So so.«

»Mein Koffer ist so schwer«, sagt es. »Wie lange laufen wir noch?«

Dachs bleibt stehen.

»Wir sind im Nirgendwo gelandet«, sagt er, »wir müssen ein zweites Mal wechseln.«

Zusammen warten sie auf Gott, der langsam herangetrottet kommt.

Dachs nimmt den Apparat vom Hals.

»Wir wechseln nochmal!«, ruft Schwein Gott entgegen.

Nur zeigt der Apparat einen Fehler an. Das Lämpchen, das bis dahin grün geleuchtet hat, blinkt jetzt rot und hört nicht auf damit.

Während Dachs den Apparat nun mit einem winzigen Schraubenzieher aufschraubt und säuberlich jedes entfernte Teil in der Blechtasse platziert, versuchen Schwein und Gott sich nicht vorzustellen, wie sie den Rest des Lebens in dieser Wüste verbringen werden.

Früher hat Schwein stets gewusst, wo sein Zuhause ist. Es konnte einen Arm ausstrecken und die Richtung angeben, in der das Haus seines Vaters stand. Mit der Richtung auch die Ausrichtung der Zimmer, die Ausrichtung seines Betts, seines Kleiderschranks. Als es sich in der Wüste fragt, wo die Heimat ist, weiss

Schwein nicht mal, ob es den Arm gegen oben oder unten strecken soll.
Wir sind verloren, möchte es sagen, es sucht nach Gott und findet ihn eine Düne weiter. Gott steht in einer Telefonkabine.

Die Kabine ist ein Gehäuse aus Glas und blauem Plastik. In der Sonne hat sie sich aufgeheizt wie eine Sauna. Als Gott das Telefon abnimmt, hört er in der Leitung Sand rieseln.
Schwein öffnet die Tür.

> »In Märchen steigen die Helden durch Schränke«, sagt Gott. Er tastet das Innere der Kabine ab, hofft über eine brüchige Stelle einen verborgenen Mechanismus zu finden.
> »Ach«, sagt Schwein. Von allen Dingen, die in der Wüste auftauchen können, hätte Schwein sich am allerwenigsten eine alte, versandete Kabine gewünscht.

Es lässt die Tür schwingen, geht zurück, um Dachs zu informieren.

Gott ist froh um diesen Moment, den er allein in der tropisch heissen Kabine hat. In aller Ruhe kann er überlegen, was es bedeutet, in einer Wüste festzustecken.
Jetzt bin ich der Fisch, denkt Gott. Ausser dass der Fisch in Gottes Gang eingeklemmt war, und in der Wüste war Gott das Gegenteil von eingeklemmt.

Gott hustet. Er ist froh, die Kabine gefunden zu haben. Muss er sterben, wird er es dort drinnen tun.

Vor der Telefonkabine erklärt Dachs, dass Sand in den Wechselapparat geraten sei und den Filter beschädigt habe. Damit zu wechseln, halte er für gefährlich, da durch den verstopften Filter kaum noch etwas hindurchgelange.

»Der Apparat ist allerdings reparierbar«, sagt Dachs.

»Wie?«, fragt Gott aus der Telefonkabine.

»Wir brauchen einen neuen Filter.«

»Kein Problem! Ich geh nachher in Supermarkt und kaufe einen. Soll ich euch sonst noch was mitbringen?«, fragt Schwein.

»Eine Pizza«, sagt Gott.

Da bricht Schwein in Tränen aus.

Nicht zu viel Flüssigkeit verlieren, denkt Gott einen sehr praktischen Gedanken, er reicht Schwein sein Taschentuch, Schwein greift danach und nach Gottes Arm, an dem es sich festhält.

»War nur ein Witz«, mit der freien Hand schiebt Gott Schweins nasse Frisur zurück.

Aus der Telefonkabine scheppert es.

»Kennt einer von euch eine Nummer auswendig?«, ertönt Dachses Stimme durch die Glaswand.

Schwein lässt Gottes Arm los, um Rehs Nummer, laut und deutlich für die ganze Wüste, zu diktieren.

Episode sechs

In der Reh nicht mehr weiss, was das Schöne gewesen ist, Schwein das Paradies findet, Gott weit ins Meer hinausschwimmt und Dachs Lust hat, einen Nagel einzuschlagen.

Auf der Erde ist es regnerisch. Ein nasser Frühling, der an den späten Herbst erinnert. Reh ist im Kino was Schönes eingefallen. Es hat sich den Einfall für nach dem Kino aufgespart. Als der Film zu Ende ist, weiss Reh nicht mehr, was das Schöne gewesen ist.
Es schaltet das Handy ein. Verpasster Anruf von Unbekannt.
Es ist dreiundzwanzig Uhr. Der Film war langweilig, ein Krimi, der fad über die Leinwand zog.

Reh tritt in Schweins Wohnung, wo es die Pflanzen giessen soll, solange Schwein weg ist.

> »Wann kommst du zurück?«, hatte Reh wissen wollen.
> »Das ist eine gute Frage«, hatte Schwein gesagt. Als wolle es eventuell den Rest seines Lebens Ferien machen. Reh solle giessen, bis es ihm verleide. Es öffnet Schweins Schlafzimmertür. Dort drinnen ist es still. Jemand muss alle Töne gepackt und mitgenommen haben.

Das Bett ist gemacht und das Bettzeug säuberlich gefaltet, wie man es aus Hotels kennt. Die Glückskatze hat Schwein zurückgelassen, sie wackelt brav mit dem Arm.
Reh dürfe gerne auch in seinem Bett schlafen, hat Schwein vor der Abreise gesagt. Als mache es einen Unterschied, ob Reh hier allein übernachtet oder fünf Strassen weiter, bei sich.

Als Reh sich gegen Mitternacht in sein eigenes Bett gelegt und das Licht weggeknipst hat, findet es auf einmal die Tatsache bedenklich, dass es glaubt, morgen würde anders werden als heute. Was für ein Irrtum zu meinen, zwischen heute und morgen änderte sich etwas. Nur weil Reh die Augen schliesst, legt noch keiner das Leben zurück ins Ei.
Rehs Huf tastet nach dem Handy, es weiss noch nicht, was es sagen wird, als schon das Freizeichen ertönt.

Schwein sagt zu der Gazelle, die den Pick-up fährt: »Dort wo wir herkommen, hat es Tiefnebel seit Tagen.« Die Gazelle nickt, als verstünde sie, was Schwein gesagt hat, dabei spricht sie eine Sprache, die selbst Gott nicht kennt.
Als ihr Pick-up durch den Sand gerast kam, glaubte Schwein zu träumen. Es schloss die Augen, um zu prüfen, ob das gerade wirklich passiert.
Nun fliegt es selbst über den Sand. Die Gazelle sieht abenteuerlich aus, ihre Fransen flattern, ein tiefer Bass wummert aus dem Lautsprecher.
Irgendwann taucht der erste Busch auf. Gott, auf der Ladefläche des Pick-ups, ist erfreut über diesen Busch und über alle Büsche, die dem ersten folgen. Es stellt sich Farbe ein. Gott sieht Blumen, blaue Schmetterlinge und als die Umgebung eine gänzlich andere geworden ist, fährt die Gazelle links ran, parkiert unter Pinien. Die Musik macht sie nicht aus, sie wirft die Türen auf. Gott klettert von der Ladefläche, klopft sich verlegen den Staub von der Trainerhose.
In ihrer Sprache erklärt die Gazelle ihnen den Weg. Sie zeigt direkt in den Pinienwald.

»Essen?«, fragt Schwein und mit durchsichtiger Gabel führt es einen durchsichtigen Happen zum Mund. Die Gazelle nickt eilig.

»Und wenn sie uns falsch verstanden hat?«, fragt Dachs, als sie in das lichte Wäldchen hineintreten.

»Das hat sie nicht.«

»Hast du begriffen, was sie gesagt hat?«, fragt Gott.

»Ich kann keine tote Sprache«, erwidert Schwein, »aber sie hat uns Wasser gegeben, da wird sie uns nicht in der Pampa aussetzen.« Schwein hält die Nase in die Luft, als wittere es etwas.

»Freunde«, sagt es, dann stiefelt Schwein seiner Vermutung entgegen.

Der Strand, den es hinter den Pinien findet, ist so schön, dass es naheliegt, sich zu fragen, ob er echt ist. Der Sand ist weiss, das Meer blassblau. An diesem Ort würde Schwein seine Flitterwochen verbringen wollen.
Es führt die wankende Truppe ziemlich zielstrebig zum Hotel, das am Ende der weitläufigen Bucht liegt. Es wird gross und grösser, wie ein Schiff, das dort gestrandet ist, mit fünf Decks, die gegen oben immer kleiner werden. Um das Hotel herum sind tausend Sonnenliegen gestreut, und neben jeder Liege steht zugeklappt ein Sonnenschirm. Ansonsten weit und breit keine Seele.
Schwein trägt den Koffer nun, wie es sich gehört, galant mit einem Huf. Unter dem Dach aus Bäumen gehen sie Richtung Hoteleingang. In einem Grün wachsen Orangen, an den Seiten hat es Blumen in ungefähr hundert verschiedenen Farben. Über dem Eingang hängen drei Sterne, sie sehen aus wie frisch gestrichen.

»Hallo Paradies«, flüstert Schwein.

»Hoffentlich haben die offen«, sagt Gott.

In seinem Bett träumte Reh von einem See aus einem anderen Land, der hier die Stadt überschwemmte. Mit einem Zug fuhr Reh entlang den Rändern dieses Sees und fotografierte ihn durch die Scheibe. Es war Nacht und die höchsten Häuser ragten aus dem Wasser wie Steine eines Friedhofs. Als es erwacht, kurbelt Reh die Storen hoch, um zu sehen, ob hinter den Fenstern schon das Wasser steht.
Es hätte Reh gefreut, wenn ein See die Stadt überschwemmt und niemand mehr aus der Wohnung gedurft hätte. Wenn aus dem Radio der Ausnahmezustand verkündet worden wäre.

Reh guckt vom Küchenfenster aus in die Lücke zwischen seiner Hausmauer und der gegenüberliegenden. Es bedürfte eines Meers.
Weil keins in der Nähe ist, zieht Reh die Sportschuhe an und geht durch die engen Strassen bis an Stadtrand und vom Stadtrand aufs Land. Am Waldrand setzt es sich auf eine Bank.
Kurz bricht die Sonne durch das farblose Gewölk.
Nicht mal der Frühling erreicht mich, denkt Reh.
In der vorangegangenen Nacht stand Reh unter einer blühenden Magnolie. Dahinter das Schwarz des Nachthimmels. Zwischen Zweigen und Blüten, sah Reh, war nichts, kein Übergang, an den harten Zweigen wuchsen die Blüten wie aus einem fernen Land.
In seiner Tasche vibriert das Handy, Reh liest die SMS:

Liebes Reh, wir sind im Hotel Jenseits eingetroffen. Die anderen ruhen sich aus, ich gehe direkt an den Strand. Gruss aus der Hitze, Schwein

Reh versucht sich Hitze vorzustellen, einen Strand, das Hotel. Es versucht sich Schwein vorzustellen, ein Badetuch, eine Taucherbrille. Auch wenn es unwahrscheinlich scheint: Dort wird Schwein sein. Und wieder einmal fällt Reh ein, dass alle, die es kennt, alle, die leben, sich irgendwo aufhalten müssen, dass niemand nirgendwo ist. Und während Schwein wohl den Sonnenschirm aufspannt, denkt Reh, schüttle ich den Kopf an einem Waldrand.

Gott geht auf einen Spaziergang in den brütenden Nachmittag, ein Frotteetuch unter den Arm geklemmt. Bevor er jemandem begegnet, sieht Gott Schwein, das sich in der Sonne braten lässt. Dabei trägt es nicht mehr als einen getupften, knappen Triangel. Hin und wieder zupft Schwein den Triangel um seinen Ringelschwanz zurecht, es ist unverkennbar, dass es Ferienerfahrung hat.

Auch Gott breitet nun das Tuch aus und macht seine erste Bekanntschaft mit Strand.

Er hat sich gefreut auf die Toten. Er hätte mit ihnen einen Schwatz gehalten, bis zum Bauch im Wasser stehend. Er hätte eine Melone halbiert und die Kerne ins Wasser gelöffelt und den Toten einen Schnitz davon angeboten.

Von der Hitze wird ihm bald schwindlig. Er geht ins Meer und macht ein paar Schwimmzüge.

»Schau«, ruft er aus dem Wasser.

Schwein dreht den Kopf.

»Was?«, fragt es.

Gott weiss auch nicht was. Er patscht mit der Hand auf die kleinen Wellen.

Vom Hotel her kommt ein Meerschweinchen im Stechschritt anmarschiert. Seine Sonnenbrille sieht nach Skipiste aus.

Es grüsst Schwein und schlägt sein professionelles Strandzelt neben ihm auf.

»Wissen Sie, ob es heute noch Abend wird?«, fragt Schwein.

Das Meerschwein klappt die Brille hoch.

Es sagt was, es klingt wie: »Innige Hose.«

Schwein zeigt auf die Sonne, auf den Horizont; es simuliert einen Untergang. Nun versteht das Meerschwein, es tickt gegen seine Uhr und dreht mit seiner Kralle zwei Runden auf dem Uhrenglas.

»Zum Glück«, sagt Schwein.

Es ruft Gott zu, der tropfend im Sand steht: »In zwei Stunden ist Sonnenuntergang.«

Schwein dachte schon, das Jenseits bestehe nur aus Licht.

Es wüsste noch paar Dinge zu fragen, aber das Meerschwein hat ein Nackenkissen aufgeblasen und sonnt sich konzentriert.

Gott sitzt dort, wo die Wellen den Sand unter ihm weggraben.

»Hängt in deinem Zimmer auch ein Bild des Fisches?«, fragt Schwein.

»Hm?«

»In meinem Zimmer hängt ein Gemälde. Von deinem Fisch.«

»Meinem –?« Gott rappelt sich hoch und schon trabt er in Richtung Hotel.

Das Meerschweinchen folgt ihm mit dem Blick. Es zieht einen Mundwinkel hoch, als gäbe es aus seiner Sicht keinen Grund, sich mit einer solchen Eile vom Strand davonzumachen.

Schwein zuckt mit den Achseln. In weiter Ferne zieht ein Schiff dem Horizont entlang.

»Wir sind nicht von hier«, möchte Schwein sagen, aber dazu fehlt ihm ein Wörterbuch.

Von der Terrasse aus, wo sie zu Abend essen, sieht man zum Pool und vom Pool aus sieht man zum Meer.

Der Kopf des Meerschweins zieht in vorgegebenen Bahnen vorüber.

Als es sich später mit seinem Salat an einen entfernten Tisch setzt, trägt es ein Flanellhemd. Den Salat schneidet es zackig klein und nach jedem Bissen nimmt es einen Schluck vom Wasser, einen vom Wein. Die weiteren Tische sind leer. Nur dort, wo sie sitzen, steht ein Serviettenhalter, die lila Servietten applaudieren lautlos im Wind.

Schwein ist damit beschäftigt, das Essen zu loben. Es hält eine Karottenscheibe in die Luft, die, wie alle Karotten hier, in Sternform geschnitten ist. Auch die Gurken haben ihre einheitliche Zackenform.

»Wo sind wir bloss gelandet?«, sagt Schwein. Als könne die Karotte an seiner Gabel zu diese Frage Auskunft geben.

»Der Fisch war vor uns hier«, sagt Gott. Er hat im Hotel verteilt eine beeindruckende Sammlung an Landschaftsbildern gefunden. Er hat jedes einzelne

Gemälde studiert und festgestellt: Auf jedem fand sich in der unteren rechten Ecke die Unterschrift des Fischs.

»Manch einer entdeckt im Jenseits sein Talent«, sagt Schwein.

Das Gundi von der Reception überquert die Terrasse und lächelt seinen weit gereisten Gästen zu. Es ist dem Meerschwein nicht unähnlich, allerdings trägt es eine weisse Weste, auf der das Hotel abgebildet ist und die für das Jenseits übliche Brosche. Das Gundi verschwindet im Garten des Hotels, an dessen Ende unter Bananenbäumen ein Bungalow steht.

Für die wohlhabenden Toten, hat Schwein vermutet.

Am folgenden Abend ist es Dachs, der fragt: »Was ist das für ein Ort?«

Schwein meint dieses Mal, es spiele wohl kaum keine Rolle, wo sie sich aufhalten. Es wäre ihm bei bestem Wille nichts Schöneres eingefallen fürs Jenseits.

Der Himmel in der Ferne wird bisschen rot, bisschen violett.

Gott fröstelt.

»Hol doch deinen Faserpelz«, rät Schwein, aber Gott will der Sonne zusehen, wie sie im Meer verschwindet, als sei sie nicht gestern auf dieselbe sentimentale Weise abgetaucht.

Die violetten Vorhänge halten das Tageslicht draussen. Reh kommt der Traum vom See wieder in den Sinn.

»Ich träume viel von Wasser«, sagt Reh zur Ziege. Diese bindet ein Kabel um Rehs Knöchel, das mit einem Steinzeitcomputer verbunden ist. Reh dürfe sich nun während sieben Minuten nicht bewegen. Die Ziege selbst beugt sich über den Computer. Sie fragt, ob Reh zu früh zur Welt gekommen sei.

»Das haben Sie gemessen?«, fragt Reh.

Die Wahrsagerin antwortet nicht.

»Wasser ist wichtig für Sie«, sagt sie stattdessen. »Sie müssen genug trinken.«

Reh nickt.

Die Ziege beugt sich nun über den Computer, auf dem ein Diagramm flackert.

»Sehen Sie den roten Bogen hier? Das ist eine berufliche Endkurve. Wollen Sie kündigen?«

Reh sagt mit Bestimmtheit: »Ich habe es nicht vor.«

»Warum nicht? Wie viel Freude haben Sie an Ihrem Beruf? Was machen Sie?«

»Ich bin Schneiderin«, sagt Reh.

»Mit welchen Stoffen haben Sie zu tun?«

Reh versteht nicht. Ob es nun mit Samt oder Baumwolle arbeitet – es hat ziemlich viel für diese Stunde bezahlt.

»Sie sollten eine Auszeit nehmen, mindestens drei Monate.«

Ich hätte auch einfach das Horoskop lesen können, denkt Reh.

»Nun ja – «, sagt es.

»Wasser scheint Ihr grosses Thema zu sein. Sie müssen ans Meer fahren.«

»Ich geh fast jeden Tag ins Hallenbad«, sagt Reh, aber das ist das Letzte, was es einwendet, den Rest der Stunde hört es zu, was die Wahrsagerin wahrsagt.

Draussen erblickt Reh auf der anderen Strassenseite Hirsch. Das hat die Wahrsagerin nicht prognostiziert, dass Reh und Hirsch sich an der Ampel sehen würden. Dass die Ampel auf Grün wechselt, sie beide loslaufen und ineinander hinein, würde Hirsch nicht Halt machen, und Reh ihm folgen, zurück auf seine Seite.

Hirsch fragt: »Wie geht's?«

Reh sagt: »Gut. Ich werde meinen Job kündigen.«

Hirsch ist erstaunt. »Und dann?«

Reh sagt, es werde auf eine Reise gehen.

»Dir?«, stellt es die Frage zurück.

Es fürchtet, Hirsch würde sagen: Gut.

»Gut«, sagt Hirsch. Er sei gerade auf dem Weg zur Post.

Reh fragt nicht, was er dort tue. Briefmarken kaufen, ein Paket abholen, spielt keine Rolle.

Es sucht in Hirschs Gesicht nach einem Zeichen und findet eine Falte.

Ein paar Sekunden müssen sie auf die Ampel warten, damit sie grün wird und Hirsch seinen Weg fortsetzen kann.

Am Morgen hat Gott Mut und schwimmt weit ins Meer hinaus. Er kann schliesslich, so hat er sich versichert, jederzeit eine Pause einlegen. Sich auf den Rücken legen.
Gott erreicht die Boje, an der er sich kurz festhalten muss. In Anbetracht der Grösse und Glätte der Boje kostet ihn dieses Unterfangen etwa so viel Kraft wie das Zurückschwimmen.
Den ganzen Nachmittag liegt Gott wie ein gestrandeter Wal im Sand.
Einmal kommt Schwein vorbei und schmiert ihm etwas Sonnencrème auf die Waden. Gott bemerkt das nicht.

Er wacht auf, als es laut wird.
Er öffnet ein Auge und sieht ein Bein. Diesem Bein entlang sieht er hoch und es ist ein Okapi, das er mit dem Blick zusammensetzt. Das Okapi sitzt in einem modischen Klappstuhl und liest in einer Zeitschrift. Gott macht das Auge wieder zu. Zwischen ihn und die Brandung hat sich eine Wand aus Strandgeräuschen geschoben.
Erneut macht Gott ein Auge auf. Er schielt auf das Heft, in dem das Okapi blättert. Auf der Titelseite posiert ein Zebra in einem hautengen Kleid.

Es kommt ein Car an und schüttet eine Ladung Tiere aus. In kürzester Zeit hängt über jedem Balkon irgendein Tuch, es riecht nach Sonnenmilch,

Aschenbecher füllen sich und der Wind weht einen Bademantel von einem Balkongeländer herunter. Der Mantel hängt den Abend lang unbeteiligt in einem Bananenbaum.
In einem der Zimmer, das die Fensterläden geschlossen hat, sitzt Dachs. Die Klimaanlage rattert.
Sein edel anmutendes Bett, hat Dachs herausgefunden, ist aus Plastik. Die weissen Vorhänge sind aus Polyester. In allen Dingen, in jeder Lampe und jedem Stück Stoff sah er einen Versuch von Eleganz und in jedem Ding ist dieser Versuch gescheitert.
Die hellblaue Tapete zum Beispiel war über die ehemalige geblümte geklebt worden. Daher wellte die Wand sich an einigen Stellen.
Dachs liest in einem Fachmagazin, das er im Gepäck hatte. Einmal ist er aufgestanden, um durch einen Spalt zu beobachten, wie die Neueingetroffenen sich um die Sonnenschirme streiten. Wie sie Käse auf Brot legen, wie sie Sand ausheben und anderenorts zu einem Berg anhäufen. Wie sie einander Bälle zuwerfen, die an Stoffschlägern kleben bleiben.
Der Zweck von Ferien erschliesst sich Dachs nicht ganz.
Er legt das Magazin aufs Bett, er hat Lust einen Nagel einzuschlagen.
In der Lobby nickt Dachs einer Gruppe Hirsche zu, die Karten spielen. Hinter ihnen hängt das grösste Bild des Fisches. Halb Himmel, halb Wasser, rosarot gerahmt.

Dachs schüttelt den Kopf, er holt am Buffet einen Apfel. Alle anderen Früchte, Bananen und Mango, Kiwi und Sternfrucht, sind ihm zu süss.
Kauend geht er zurück auf sein Zimmer.
Vorher trifft er Schwein, das von der Sonne gebräunt ist und glänzt. Es winkt Dachs aufgeregt zu. Es habe jemanden gesehen, ganz vorne am Strand, bei der es sich um seine tote Tante handeln könnte. Sie trage denselben roten Klunker am Ohr.
Es ziehe jetzt noch passende Schuhe an und gehe mal Hallo sagen.

Schwein watet aus dem Wasser und tut so, als handle es sich beim Hotel um seine ganz private Residenz. Vor seinem Badetuch bleibt es stehen, um vom lauen Wind getrocknet zu werden. Im Gegenlicht sieht das Hotel aus wie ein Palast. Wer hat sich diesen grossartigen Mist ausgedacht, denkt Schwein.
Am Strandkiosk geht es alle Souvenirs durch. Jeden Fingerring, jede Postkarte, und entscheidet sich für eine Schneekugel, in der ein Palme steht. Es wird diese Kugel für sich behalten oder Biber zu Weihnachten schicken mit der Nachricht, es habe sich im Jenseits ganz prächtig erholt von ihm.
Schwein spürt, wie es bei seinem Schlendergang zum Palast erstaunte Blicke auf sich zieht. Es lächelt hierhin und dorthin, und als es Gott sieht, im Schatten eines Strauchs, hebt es einen Huf, als kennen sie sich nur flüchtig.

Vor dem Tanzraum saugt Schwein an einem Minzbonbon. Seit in der gottverlassenen Wüste ein Pick-up auftauchte und sie hierhin brachte, glaubt Schwein an das Schicksal. Das Schicksal schickt ihm diesen Tanzkurs. Es schickt ihm Wüstenfuchs, der über den Marmor auf Schwein zufedert. An seinem leichten Gang meint Schwein zu erkennen, dass es sich bei ihm um den Tanzlehrer handelt.
Er zwinkert Schwein zu, zückt einen Schlüsselbund mit ungefähr hundert Schlüsseln dran. Schwein schluckt das Bonbon hinunter.

Einige Tiere tragen enge Leggins und praktische Frisuren. Sie schlüpfen in hochhackige Tanzschuhe. Mit silbernen Riemchen oder schlicht schwarz, aus Samt. Schwein fürchtet, dass es in einen Kurs für Fortgeschrittene geraten ist. Es sieht zur Tür, um abzuwägen, wie auffällig es wäre, sich jetzt noch aus dem Staub zu machen.
Da setzt die Musik ein und Wüstenfuchs beginnt, mit den Schultern zu kreisen. Alle Tiere tun es ihm gleich. Auch Schwein. Entgegen seiner Erwartungen fällt ihm das Tanzen sehr leicht. Ich hab das im Blut, denkt es. Und später: Es ist, als hätte ich diesen Tanz erfunden. Den anderen fällt es auch auf. Wie lässig Schwein in dieser Musik ist. Der Schwung seiner Hüfte, die Anmut seiner Arme.
Nach halber Zeit winkt Wüstenfuchs Schwein zu sich. Er nimmt es am Huf und führt es vor wie einen Diamanten.

Er sagt was zu Schwein, mit gesenkter Stimme, als würde Schwein nun in das Geheimnis eingeweiht.

»Ich spreche die tote Sprache nicht«, flüstert Schwein. Wüstenfuchs wirbelt es herum, manchmal zählt er in der toten Sprache auf eins zwei drei. Über den Spiegel zwinkert er Schwein zu und zieht es an sich heran für eine weitere waghalsige Drehung.

Als Schwein den verschwitzten Rock auszieht und sich unter die Dusche stellt, das Wasser kalt andreht, stellt es sich vor, wie es nach Hause kehren wird. Die Nachbarinnen und die Bekannten werden es kaum wiedererkennen. Sie werden sagen: Du siehst gut aus, glücklich, sportlich und braun gebrannt. Schwein wird nicken und sagen: »Ich habe jemanden kennengelernt.«

Schwein wünscht sich, dass Dachs und Gott es zur Karaokenacht begleiten.
Gott, von seinem Pooltag erledigt, hängt an der Bar und führt Erdnüsschen zu seinem Mund. Schwein hat ihm eine goldene Fliege umgebunden. Die anderen Gäste sind nicht annähernd so elegant gekleidet.
Auch Dachs hat ein Hemd angezogen und sitzt erwartungsvoll neben Gott. Er hat einen Drink bestellt, der so extravagant daherkommt, leuchtgrün, mit einem kurvigen Strohhalm, dass Dachs ihn von sich schiebt, in einem geeigneten Moment runterstürzt und augenblicklich betrunken ist.

Er fragt die Giraffe hinter der Bar, ob ihr bewusst sei, dass in diesem Moment der Schöpfer höchstpersönlich in ihrem Laden sitze. Die Giraffe, die kein Wort versteht, lächelt und schneidet eine Zitrone in Scheiben.

»Wie mans nimmt«, brummt Gott.

Jetzt sieht die Giraffe hoch, sie sagt was zu Gott in ihrer sonderlichen, toten Sprache.

»Die Drinks gehen aufs Haus«, übersetzt Dachs ihren Satz und bestellt die nächste Runde.

»Weisst du noch, das Gletscherstück?« Dachs hält Gott sein Glas hin. »Roch etwa so.«

Gott zieht den Melonenduft in sich ein.

»Da krieg ich Heimweh«, sagt er.

»Was?«, fragt Schwein, das eben zur Bar gekommen ist, nachdem es ein paar Tiere aus dem Tanzkurs begrüsst hat.

»Gott hat Heimweh, wenn er an diesem Glas riecht«, erklärt Dachs.

»Du möchtest zurück?« Schwein erschrickt über seine eigene Frage. »Mein Tanzkurs hat erst gerade begonnen!«

Gott winkt ab.

»Wegen mir müssen wir nicht nach Hause«, sagt er.

Als Schwein auf die Bühne steigt, vergisst Gott sein Heimweh. Die Musik setzt ein. Schweins Blick fliegt zu seinen Freunden.

»Das ist das falsche Lied«, sagt Schwein ins Mikrofon. Aber es singt trotzdem. Bei jeder Strophe wippt

es etwas mutiger mit der Hüfte und schaut dabei direkt in das Publikum. Es sieht schön aus, findet Gott.
Nachdem Schwein fertig gesungen hat, bleibt es auf der Bühne stehen. Als ergiesse sich später noch ein goldener Regen über sein Haupt.

Episode sieben

In der Gott krank wird, Schwein in einer Show tanzt, Dachs Tennis spielt und Reh nachreisen will.

Gott wacht auf, mit der Hand tastet er nach dem Lichtschalter, schiebt dabei die gerillte Vase vom Nachttisch.
Er findet den Schalter. In seinem Bett liegen Blumen, das Kissen ist nass. Er schüttelt es und dreht es auf die andere Seite, die Blumen drückt er zurück in die leere Vase.

»He«, sagt Gott zu sich selbst.

Etwas ist gar nicht gut. Er hat vom Fisch geträumt. Er sass mit ihm an der Hotelbar.

»Warst du in meiner Badewanne?«, hat Gott im Traum gefragt.

Der Fisch liess den Löffel senkrecht in seiner Kaffeetasse stecken.

»Hm?«, machte er und streute Zucker in seine Tasse. Zucker? Gott sah noch mal hin; es war kein Zucker, es waren Aspirintabletten, mit denen der Fisch seinen Kaffee süsste.

Ein Stockwerk über Gott träumt Schwein eine Liebesgeschichte. Der Rausch des Traums schwappt in den nächsten Tag hinein. Schwein zieht das blaue, luftige Kleid an, ein bisschen Wüstensand rieselt daraus. Dazu den Hut, den es schräg aufsetzt, und Lippenstift. Wie eine Blume sieht Schwein aus.

Gott erscheint nicht zum Frühstück und er erscheint auch nicht, als das Frühstücksbuffet abgeräumt und

das Mittagsbuffet aufgetischt wird.
Schwein findet ihn in seinem Zimmer. Der Fernseher läuft, Gottes Augen sind knapp geöffnet.

»Es ist Mittag«, sagt es.

Gott gibt zu verstehen, dass er das weiss.

»Bist du nicht fit?«

»Doch, doch.«

Schwein misst Gottes Temperatur.
Nun taucht auch Dachs in Gottes Türrahmen auf. Er hat den Morgen über im Hinterland nach einem Baumarkt gesucht und nur Bäume gefunden.

»Was gibts?«

»Mir geht's gut«, sagt Gott, aus seinem Gesicht ist die Farbe gewichen.

»So gut, dass du Fieber bekommen hast?«, fragt Schwein. Es fischt aus Gottes Koffer eine Socke, die es befeuchtet, Dachs bleibt unentschieden im Türrahmen stehen. Der Fernseher plappert leise.

Der erste Versuch, Gott gesund zu machen, ist eine Luftmatratze mit einem Guckfenster.
Vom Prinzip her ähnlich wie erdsehen, meinte Dachs.
Und tatsächlich: Gott treibt ewig, aufgebahrt auf seiner Luftmatratze. Durch das Guckfenster kann er die Lichtwaben auf dem Meeresboden sehen und, wenn er Glück hat, einen Fisch, der wie ein Strich vorbeizieht.

Kaum aber ist Gott wieder an Land, wollen ihm die Beine zusammenklappen.

> »Du musst mehr essen und im Hotel bleiben«, befiehlt Schwein, das sich Gottes Krankwerdung nicht erklären kann.

Gott nickt. Er ist in seinen Kleidern eingegangen und erinnert an einen Patienten, der von seinem ebenerdigen Zimmer aus in die Büsche schaut. Ewigkeiten, als sei es sein letztes Gebüsch.

Gott hat sich nach Hause gedacht. Aber das Bett, in dem er krank ist, wurde nicht seins. Und auch das Geräusch, welches das Duvet macht, wurde nicht seins. Und der Geruch, der aus dem Kissen kommt, und die Tür, wenn das Gundi hereinrauscht, den Abfalleimer leert und das ungebrauchte Frotteetuch gegen ein anderes ungebrauchtes austauscht, wurden ihm nicht vertraut. Es fällt ihm ein, was Schwein behauptet hat: bloss achtmal müsse man eine Sache tun, um sich daran zu gewöhnen. Um daran etwas Heimatliches zu finden.
Einmal ist Gott aufgestanden, um nach dem Gemälde des Fisches zu greifen, im Stehen übermannte ihn das Fieber, sodass er gerade noch ins Bett zurückwanken konnte. Von Nahem sah Gott, dass der Fisch keine einzige Linie gezogen, dass er nichts als Flächen gemalt hatte, eine über die andere. Als Gott das Bild auswendig kannte, starrte er wieder in die Büsche.
Dem Gundi hat Gott gesagt, er habe gar keine Ahnung mehr, wer er sei. Freundlich hat das Gundi ihm zugelächelt und die ungebrauchten Frotteetücher in den Wäschesack gesteckt.

In der Nacht zupft Gott sein Laken wieder und wieder vom Körper. Es klebt an ihm wie eine nasse, zweite Haut. Einmal geht in einer Ecke des Zimmers eine wilde Musik los. Erst als sie ein zweites Mal einsetzt, fällt Gott ein, dass es Schweins Handy sein muss.
Am Apparat ist Reh.

Da Schwein am Tanzen ist, verspricht Gott die Nachricht weiterzuleiten: Reh habe gekündigt und wolle nachreisen.

»Ins Jenseits?«, fragt Gott, er drückt das Handy auf die Decke, um nicht ins Mikrofon zu husten.

Reh tunkt einen Huf in den See. Das ist das Gute an Gewässern, denkt es, dass sie sich nicht verschieben.
Es erinnert sich an die letzten Ferien im Süden. Reh hatte ein Hochbett im Zimmer, mit Blick auf den Hinterhof, wo zwischen Grasbüscheln und Betonresten Müll lag.
Im Zimmer nebenan hörte Reh den Vater schweigen.
Reh hörte die Mutter einen Reissverschluss ziehen, hörte die Korbtasche rascheln, dann die Sandalen auf der Treppe.
Am letzten Ferienabend kam sie von ihrem Strandplatz zurück und sah anders aus. Als sei sie von einem Boot gefallen. Reh, dem der Ehering nie aufgefallen war, bemerkte nun dessen Abwesenheit. Die Mutter war ihn im Meer losgeworden, das erfuhr Reh später.
Noch sass die Familie in schöner Abendstimmung bei lieblichem Licht, Blick auf die Bucht. Niemand sprach mehr. Aus dem Restaurantdunkel schallte eine löchrige Blechmusik. Reh wusste, dass es die letzte gemeinsame Mahlzeit war. Es hat damals ein Spaghetti im Teller gelassen, wie eine Opfergabe.

Schwein, in Tanzschuhen, klopft an Gottes Zimmertür. Gott hustet, es tönt wie Geröll.
Stirbst du?, möchte Schwein fragen. Es setzt sich auf den Schemel an Gottes Bett. Das Licht fällt dunkelblau durch den Vorhang und auf das Badezimmerbild.

»Wie war der Kurs?«, fragt Gott.

Schwein sagt: »Gut.«

Es klingt, als wolle es nicht zugeben, wie gut es tatsächlich war.
Alles, was es auf der Erde vielleicht traurig fand, findet Schwein im Jenseits schön.
Gottes müdes Gesicht.
Die Lampe in Korallenform.
Schwein zeigt Gott ein paar Fotos auf seiner Digitalkamera: Dachs am Strand, wie aus der Werbung für teure Armbanduhren, mit wehendem Fell, Sonnenuntergang. Die Wipfel der Palmen. Muscheln. Der Wüstenfuchs, den Gott am Karaokeabend direkt vor der Bühne enthusiastische Bewegungen vollführen sah.

»Mein Tanzlehrer.«

Auf den Fotos fährt Wüstenfuchs einen roten Sportwagen. Er zwinkert an einer Strassenkreuzung. Auf einem anderen Bild trägt er eine Sonnenbrille, in der Pfote einen Plastiksack. Es folgt: Wüstenfuchs auf einer Picknickdecke. Schwein, das eine Melone halbiert. Schwein und Wüstenfuchs vor einer Eisdiele.

»Leider hab ich da mit Blitz fotografiert.«

»Habt ihr euch – «, Gottes Kopf knickt zur Seite wie Pappmaché.

»He?«, sagt Schwein. Es zieht ein bisschen an Gottes Ärmel. Als es merkt, dass Gott tatsächlich im Sitzen und in seinen eigenen Satz hinein eingeschlafen ist, bettet es Gottes Hand auf seinen Schoss.

»Heut Abend tanze ich in der Show«, sagt es.

Der andere Arm von Gott fällt runter. Von draussen die silberhellen Geräusche des Jenseits, sie erreichen das Zimmer wie durch eine Haut.

Am Morgen ist Reh als Erstes in die Apotheke gegangen, hat Vitamin-B-Präparate für sich gekauft und für die Mutter Tulpen. Die Mutter hat die Tulpen aus dem Papier gewickelt und Reh gesagt, wo die Vasen stehen.
Sie haben über den grauen Mai gesprochen und über die Zugfahrt hierher.
Dabei hat Reh nicht erwähnt, dass es schon am Vorabend am See angekommen ist. Dass es in einer Herberge war, wo es nicht schlafen konnte und die halbe Nacht Paradiesmusik gehört hat.

»Eine Frühlingsgrippe geht rum«, sagt die Mutter, »ich hätte mich impfen lassen müssen.«

»Gott ist auch krank«, sagt Reh.

»Was?«, fragt die Mutter.

»Gott ist auch krank, sagte ich.«

Darauf weiss die Mutter nichts zu antworten, sie greift nach den Zigaretten: »Kannst du mir den Aschenbecher reinbringen?«

Reh steht auf, bringt der Mutter den Aschenbecher. Auf dem Balkon stehen noch die Sommerstühle, zusammengeklappt, und die hageren Gewächse aus dem letzten Jahr.

Reh wollte der Mutter sagen, dass es gekündigt hat.

»Ich gehe jetzt, Mama«, sagt Reh.

Die Mutter hat sich eine Zigarette angezündet und nickt mit der Abwesenheit einer Raucherin.

Normalerweise würde Reh an dieser Stelle sagen: »Ich ruf dich an.« Oder: »Bis am Mittwoch.«
Dieses Mal ist es anders. Dieses Mal weiss Reh nicht, ob es die Mutter wiedersehen will.

»Wo gehst du hin?«, fragt die Mutter.

Reh möchte nichts sagen, was auch nur im Ansatz verloren klingt.

»Ich gehe mich um mein Leben kümmern.«

»Sieht aus, als komme nochmal Regen«, sagt die Mutter.

»Jaja«, sagt Reh. Als es die Türe hinter sich schliesst, beginnt die Mutter zu husten.

Sie hustet lauter, je weiter Reh sich entfernt, sodass Reh erst im Lift vergessen kann, dass es der Mutter an fast allem fehlt.

Dachs, Pfoten in den Hosentaschen, geht allein entlang dem Strand. Ein nachdenklicher Fremder in der Nacht. Das Meer ist ruhig, der Himmel hängt tief. Vom Hotel her sind Stimmen zu hören, ein Tier trällert eine Oper. Warum spielst du nicht mit den Hirschen Karten oder Tennis, hat Schwein am Morgen gefragt. Hinter dem Jenseitshotel hat es einen kleinen, eingezäunten Platz. Dachs hat seine langen, weissen Socken angezogen, den Ball dreimal auf den roten Gummiboden geschlagen. Dann brachte er den Schläger zurück und sagte der Giraffe an der Rezeption: »Das können von mir aus die Toten spielen.«

In seinem Zimmer, wo es im Gegensatz zu draussen arktisch war, hatte jemand sein Bett gemacht. Es roch parfümiert.

Dachs hätte sich gerne beratschlagt, aber Gott schlief seit Tagen fast nur noch. Und war er wach, fehlte es ihm an Geist, es kam vor, dass er dieselbe Frage zweimal stellte. Mit dem Gott, den Dachs damals im Wald angetroffen hatte, mit dem Gott, der auf einer Lichtung wohnte, der beim Zwiebelschneiden einen Schluck Wasser im Mund hielt und beim Würfeln nicht bluffen konnte, mit diesem Gott hatte der Kranke nicht mehr viel gemein.

Auf seinem Nachttisch sammeln sich die Fundstücke, die Dachs und Schwein ihm gebracht haben von Land und Wasser. Sie erinnern an die Andenken, an die Fotos und Kerzen, die auf Gräbern liegen.

Im Dunkeln geht Dachs zurück zum Hotel. Das Problem am Jenseits ist, dass es nicht abkühlt. Dachs will keine einzige brauchbare Lösung einfallen, um den Filter wieder in Gang zu setzen. Die Gedanken, ehe in Form gebracht, werden von der Wärme weich wie ein Eis in der Sonne.
Ein Paar kommt Dachs entgegen. Noch bevor er es erkennt, weiss Dachs, dass das, was meerseits geht, Schwein sein muss. Schwein leuchtet aus hundert Metern Entfernung. Der Wüstenfuchs hält Schwein mit festem Griff um die Taille, als wäre es ein Heliumballon, der sonst wegschwebte.

In der Nacht steht Gott vor Dachses Zimmertür. Er sieht aus wie ein Gespenst vor der Blumentapete. Einzelne Haare kleben an seiner Stirn.

»Hast du Zigaretten?«

»Ich rauche nicht«, sagt Dachs. Er war eben im Sessel eingenickt, als es an der Tür verhalten klopfte.

»Ich habe geträumt, ich wurde ausgestopft«, sagt Gott.

»Wie?«, fragt Dachs.

»Mit Watte. Und statt Augen hatte ich Muscheln.«

Dachs blickt nach unten. Gott trägt Socken, aber keine Schuhe. Er trägt einen Pullover, aber keine Hosen.

»Das war wohl ein Fiebertraum«, murmelt Dachs.

»Ein Fiebertraum«, wiederholt Gott. »Sie präparierten mich fürs Museum.«

Dachs weiss nicht, was er auf eine solche Grässlichkeit erwidern soll.

Er fragt: »Warst du je so lange krank?«

Kurz sieht es aus, als würde Gott an Ort und Stelle in Tränen ausbrechen.

»Ein Gott wird nicht krank.«

Dachs nimmt Gott am Arm und führt ihn mit angehaltenem Atem zum Lift. Ein alter Geruch geht von Gott aus, der Dachs betroffen macht. Der Liftspiegel rahmt die beiden: den Dachs und das Gespenst.

Da Gott seinen Schlüssel im Zimmer eingeschlossen hat, geht Dachs zur Reception und kommt zurück in Begleitung von Gundi.
Unterdessen liegt Gott auf dem Spannteppich, wie einer, der schwer getrunken hat.
Das Gundi beugt sich über Gott, es drückt das Ohr auf seine Brust.
Gott macht die Augen auf.

»Wann wird es hell?«, fragt er.

Etwas in seinem Blick scheint ihm nicht mehr zu gehören.

»Um 5 Uhr 42«, sagt Dachs.

Das Gundi zuckt mit den Schultern, es packt Gott an den Füssen und zusammen tragen sie ihn in sein Bett. Es dünkt Dachs, Gott sei nicht viel schwerer als die Luftmatratze, die sie ihm geschenkt haben. Die ganze Nacht bleibt Dachs im Zimmer, überwacht Gottes Puls. Kurz vor der Dämmerung schleicht er ins obere Stockwerk. Er packt seine wenigen Habseligkeiten in den Rucksack und schaltet die Klimaanlage aus.

Episode acht

In der Gott im Sterben liegt, Schwein das Frühstück unterbricht, vor Dachses Augen alles verschwimmt und Reh wünscht, dass es weiterhin alles gibt.

Selig ist das Licht des Morgens. Wie es durch das Fenster hineinspielt. Schwein scheint es, als bestünde gar kein grosser Unterschied zwischen ihm und dem Morgenlicht. Als läge es nicht nur in diesen weissen Laken, als sei es eben auch ein bisschen im weissen Vorhang, in der Sonne, im Bett, in der Decke und im Kissen. So fühlen sich Delfine, denkt Schwein. Es räkelt sich, und lässt die Sonne seine Waden streicheln.
Bald darauf schwingt die Tür auf, Wüstenfuchs kommt hinein, er balanciert ein Tableau mit Orangensaft, Toast, Konfitüre: dem Frühstück.

Dachs klopft am Bungalow für spezielle Gäste an. Er öffnet und sieht: Schwein oben ohne in einem Doppelbett, auf dem Schoss das Frühstück. Die Vorhänge sind halb zugezogen.
Der Wüstenfuchs raucht im Gemach, was verboten ist.

»Wir sollten etwas besprechen«, sagt Dachs.

»Kein Problem!«, sagt Schwein.

Es beisst in ein mit Käse und Konfitüre üppig belegtes Brötchen.

»Draussen«, sagt Dachs.

Schwein zieht ein Top über, es erklärt in der Zeichensprache, die es für sich und Wüstenfuchs erfunden hat, dass es gleich wieder zurück sein wird.
Wüstenfuchs nickt und raucht weiter.

»Gott stirbt«, sagt Dachs draussen unter einem Bananenbaum.

»Wie stirbt?«
»Er ist hier im falschen Habitat«, sagt Dachs.
»Ich will nicht zurück«, sagt Schwein. Dieser Satz kommt sehr schnell aus seinem Mund. Es lehnt sich ans Bungalow.
Dachs erkennt, dass Schwein das Herz in den Kopf gestiegen ist.
»Mir ist nicht klar, wie wir den Wechsel durchführen werden«, sagt Dachs vorsichtig.
In Schweins Augen schiebt sich ein Gefühl vors andere und Dachs weiss nicht, was der nächste Satz sein soll.
»Aber ich fürchte«, versucht er, »es bleiben nicht mehr viele Stunden - «

Und da beginnt Schwein plötzlich, bei knapp 30 Grad im Schatten, mit den Zähnen zu klappern. Es stürzt an Dachs vorbei durch den paradiesischen Garten.

Gott hat die Farbe des Leintuchs angenommen. Nur seine Augenbrauen sind kräftig geblieben, zwei beharrliche Linien in seinem Gesicht.

»Gott«, ruft Schwein.

Gott hält die Augen geschlossen, er gibt Schwein ein Zeichen, indem er einen Daumen hebt. Als wolle er sagen: Alles okay.

Schwein stürzen die Tränen aus den Augen. Alle Tränen, die es in der glücklichen Jenseitswoche nicht geweint hat.

Es drückt das Gesicht an Gottes fahle Hand und macht sie nass.

Dachs beobachtet die Szene vom Türrahmen aus.

Er nimmt die Brille von der Nase. Ohne Brille sieht er nur noch Farben. Die Farben gehen ineinander über und werden zu einem grossen, unübersichtlichen Bild.

Reh sieht den Frühling zurückkehren. Und obschon der Frühling und die Mutter nicht zusammenhängen, kommt es ihm vor, als schiene die Sonne nun, da Reh für unbestimmte Zeit von der Mutter wegfährt. Es fühlt sich wie Abhauen an.
Ob Hirsch wohl auch so erleichtert war, als er mit dem Velo von Reh davonfuhr?
Reh legt die Tageszeitung auf den freien Sitz gegenüber und legt die Hufe hoch.
Spätestens morgen wird die Mutter anrufen und Reh wird nicht rangehen. Und am Tag darauf, wenn die Mutter zehn Mal angerufen hat, wird es vielleicht eine SMS schreiben. Dass es ein eigenes Leben habe und sich nicht weiter sorgen möchte. Und die Mutter wird zuerst gar nichts und später dann eine bittere Nachricht zurückschicken.

Reh steigt aus dem Zug. Es geht dem Gleis entlang bis zu den Rolltreppen. Es weiss nicht, ob es sich viel älter oder viel jünger fühlt. Beim Hochfahren vibriert das Handy, und Reh denkt, dass es von seiner Kraft schon Gebrauch machen und den Mutteranruf stummschalten muss.
Es ist Schwein. Schwein weint in die Leitung. Ab und an fällt ein Wort, das Reh wiederum ans folgende knüpfen muss, um sich einen Eindruck von der Lage zu verschaffen.

»Hats dort kein Spital?«, fragt Reh.

»Nicht«, ruft Schwein.

Es schluchzt. Reh stellt sich vor, wie Schwein der Rotz aus der Nase rinnt und sich mit den Tränen mischt.

Reh verlangt, Gott zu sprechen.

Stattdessen kriegt Reh Dachs ans Telefon, der Reh erklärt, selbst eine Ärztin sei in Gottes Fall leider keine Hilfe.

»Wer dann?«, fragt Reh. Es steht vor einem Kiosk und drückt ein Huf aufs Ohr, um Dachs verstehen zu können.

»Könntest du in meine Werkstatt am Ziegelweg acht gehen?«

Reh ist schon ein paar Mal an dieser Bretterbude vorbeigefahren, in der sich Dachses Werkstatt befindet, und hat sich gefragt, ob in diesem Schuppen noch wer wohnt. Es klettert durch ein Fenster in den Keller und öffnet die Tür zur Werkstatt über ein Zahlenschloss.

»Und in der zweitobersten Schublade unter dem Destillator?«, fragt Dachs.

»Ein Gummiring. Nastücher. Ein Glas mit einer Art Glühwurm –«

»Und weiter?«, fragt Dachs ungeduldig. Die Informationen, die es Dachs gibt, scheinen nicht nützlich.

»Etwas Getrocknetes. Was ist das? Salbei? Moment. Sicherheitsnadeln. Kleine Silberdose.«

Reh öffnet die Dose, in der drei goldene Zähne liegen.

Schublade um Schublade: Dachs lässt Reh seine ganze Werkstatt durchsuchen. Am Ende sagt er, um einen neuen Apparat zu bauen, fehle es an fast allem.

»Ich kann auch noch was besorgen?«

Durch das Telefon meint Reh zu hören, wie Dachs den Kopf schüttelt.

Lasst Gott doch sterben, möchte es sagen. Dann aber werde es auch Reh vielleicht nicht mehr geben, hat Schwein gemeint, weil Gott Reh und die Erde und alles erfunden habe.

Bei sich in der Wohnung holt Reh den Erinnerungsrekorder hervor, den Dachs ihm auf dem Dach geschenkt hat. Es spielt die zuletzt registrierte Aufnahme ab und manövriert damit Schwein, das aussieht, als habe es den Astronautenanzug bereits angezogen, in die Küche. Im Stehen zieht Schwein einen schnellen Grundriss seiner Wohnung auf Papier. Dort, wo die Pflanzen sich befinden, macht es ein Kreuz.

»Wann kommst du zurück?«, will Reh wissen.

»Das ist eine gute Frage«, sagt Schwein, als würde es eventuell den Rest seines Lebens Ferien machen. Für jede Pflanze notiert es nun, ob sie viel oder wenig Wasser braucht.

Reh zupft an Schweins Shirt. Es hatte gerade begonnen, Zwiebeln zu schneiden. Auch wenn es ahnt, dass Schwein keine Minute mehr übrig hat, fragt es: »Bleibst du fürs Abendessen?«

Schwein lässt den Grundriss liegen und packt Reh, umarmt es mit seltener Heftigkeit. Als es davongerauscht, die Aufnahme durchgespielt ist, findet Reh sich allein in der Küche wieder. Und wo Schwein stand, ist nur noch Luft und die Luft weiss von nichts.

Reh seufzt.

Es fragt sich, ob es Schwein in der Aufnahme daran erinnern könnte, den Apparat sand- und staubsicher zu verpacken. Nur weiss Reh in der Vergangenheit leider nie um die Gegenwart Bescheid.

Kommst du morgen zum Abendessen?, schreibt Reh eine SMS, als Schwein ein drittes Mal aus seiner Küche verschwunden ist. Reh geht raus auf den Balkon, nimmt seinen steifen, getrockneten Badeanzug vom Geländer.

Dachs fährt mit dem Lift seit einigen Minuten hoch und runter. Steigt niemand ein, steht der Lift mit Dachs darin auf irgendeiner Etage und wartet. Die maximale Tragkraft des Lifts beträgt 400 Kilogramm. Dachs betrachtet die Knöpfe mit den Stockwerkzahlen. Ihm scheint, als hätte er alle denkerische Kraft aufgebraucht. Beim nächsten Mal Erdgeschoss steigt das Gundi zu, im Schlepptau einen Staubsauger, gross wie ein Ungetüm.
Dachs macht ihm höflich Platz und als er gerade im Begriffe ist, ratlos zurück in Gottes Zimmer zu gehen, nimmt er kurzentschlossen den Filter aus dem Apparat. Das Gundi saugt jetzt die Liftecken. Dachs bedeutet ihm, den Staubsauger direkt vor den winzigen Filter zu halten. Das tut das Gundi und da nichts passiert, dreht das Gundi auf MAX. Durch den hohen Druck wird nicht der Sand sondern der gesamte Filter in den Staubsauger eingesaugt. In der Röhre klingelt es dreimal metallisch, dann ist er im Staubsaugersack verschwunden und das Gundi, das keine Ahnung hat, macht grosse Augen. Dachs bedankt sich und geht mit dem filterlosen Apparat davon.

Schwein hat sowohl seinen eigenen als auch Gottes Koffer gepackt. Es schaut hoch als Dachs hereintritt, seine Frisur und auch seine Kleidung ist streng geordnet. Das sommerliche Top hat Schwein gegen den blauen Overall eingetauscht.

»Ich bin zum Abendessen bei Reh eingeladen«, sagt Schwein.

Gott auf dem Bett sieht schon fast verstorben aus.

»Wir müssen einen ungefilterten Wechsel wagen«, sagt Dachs.

»Okay«, sagt Schwein.

»Das ist riskant«, sagt Dachs.

»Wie riskant?«

Dachs findet auf Anhieb keinen Vergleich.

»Wie eine Autofahrt«, sagt er dann.

»Ohne Bremse«, fügt Schwein hinzu.

Sie hieven Gott und das Gepäck hinaus. Durchs Fenster unter die Palmen.

Eine Hand von Gott zittert, als er dort im Gärtchen zu liegen kommt.

Schwein beugt sich zu seinem Mund.

»Gott?«, fragt es.

Und Gott gibt zu verstehen, dass er das Gemälde des Fisches mitgehen lassen möchte.

»Ist in deinem Rucksack«, sagt Schwein, das an alles gedacht hat.

Vom Pool her winkt ihnen eine Antilope zu, die auf einem Gumminilpferd treibt.

Hinter dem Pool das Meer. Es schillert wie ein Versprechen.

Schwein wäre gerne ins Wasser gerannt. Wüstenfuchs wäre am Ufer gestanden und hätte Schwein das Badetuch hingehalten, ein letztes Mal.

Tatsächlich fiel der Abschied sehr kurz aus: ein Kuss. Schweins Versuch, den Notfall zu erklären, scheiterte an ihren unterschiedlichen Sprachen, die kein einziges Wort gemein hatten. Wüstenfuchs zeigte auf das Tableau mit dem restlichen Brot und der Butter und dem halben Glas Orangensaft. Als sei das unterbrochene Frühstück der Grund, weshalb Schwein nicht gehen sollte.

»Hoffentlich bleibt das Hotel an Ort und Stelle«, murmelt Dachs. Er zieht Gottes Rucksack vorn, seinen eigenen hinten an.

Um nicht warten zu müssen, ist Reh ins Schwimmbad gegangen. Während es seine Längen zurücklegte, stellte es sich vor, wie die Erde auf einmal nicht mehr wäre, weil in einem Hotel im Jenseits Gott für immer einschläft.
In dem Moment wäre Reh auf der Erde gerade in der Garderobe. Es würde sich das kurze Haar föhnen. Es würde die Ohrstecker in ihren Löchern drehen. Es würde die Jacke anziehen, den Jeton in den Automaten werfen. Es würde dem Pferd an der Kasse winken und in den Frühling hinaustreten.
Und der Frühling wäre weg. Und die Bäume und der Wind, dem Reh den Frühling anmerkte, und die Strasse, auf der durch den Frühling gegangen wurde, wären weg und die Busstation wäre weg und unter ihm wäre nichts und erst als Reh dorthin blickte, wo seine Hufe im Nichts stehen, wäre es selbst auch verschwunden.

In Echt ist noch alles da, als die Hallenbadtür zur Seite schwingt. Gott atmet noch, denkt Reh. Es hebt ein hellgrünes Blatt auf, das ein Baum vorzeitig abgeworfen hat. Reh zwirbelt das Blatt zwischen seinen Hufen. Es möchte, dass es alles, was da ist, weiterhin gibt.

Beim Wechsel ohne Filter ist Schwein nicht schwindlig geworden. Viel mehr ist ihm, als hätten sie keinen Weg zurückgelegt, als seien sie bloss ein Stück durch den Sand gerutscht.
Durch eine vergitterte Luke fällt ein kaum erwähnenswertes Licht.
Jetzt sind wir in einem schwarzen Loch, denkt Schwein. Nach all dem verdächtig Schönen, was passiert ist, scheint ihm das einleuchtend.
Neben sich hört Schwein Gott atmen. Unter sich spürt Schwein den noch warmen Sand.

»Dachs?«, flüstert es.

Dachses Stimme kommt von einer anderen Seite rüber. Das, was Schwein von fern glänzen sieht, wird seine Brille sein.

»Hat es uns alle gewechselt?«, fragt Dachs.

»Gott ist hier«, sagt Schwein.

Einen Moment lang ist es still.

Der Raum scheint von jeder Welt abgeschnitten.

»Ist hier die ewige Finsternis?«

Schwein schiebt Gottes Arm, den es bei sich untergebracht hatte, fort und tastet sich der Wand entlang. Es findet einen Lichtschalter und auf einmal ist das zweifelhafte Dunkel weggeknipst.
Der Raum, in dem sie sich befinden, ist gefüllt mit Sand. Durch den Apparat mitgerutscht ist ausserdem noch etwas Landschaft: zwei Palmen und ein Bananenbaum, der unterwegs seine Bananen verloren hat. Ausserdem:

ein Rasenmäher. Gartenstühle. Ein Zelt.
Gott hat die Augen einen Spalt breit aufgemacht.

»Das, liebe Reisegruppe«, er macht eine unscheinbare Bewegung mit dem Kopf, »ist mein Keller.«

In Gottes Wohnung riecht es, als habe lange niemand gelüftet.

»Wie lange waren wir weg?«, fragt Schwein. Seine Stimme klingt winzig, sie hat kein Echo mehr, sie hallt nicht wie in den hohen Jenseitsräumen.

Auf dem Küchentisch liegt Gottes Brief an die Schwester, ungeöffnet.

Gott erinnert sich daran, nicht gewusst zu haben, ob er hoffen soll, nie mehr zurückzukehren. Dort zu bleiben, wo auch immer dort ist.

Er macht den Brief auf. Er hatte ein Gefühl, als er den schrieb, beinahe grössenwahnsinnig. So sieht seine Unterschrift auch aus; zittrig, aber als sei Gott zu allem bereit.

»Hallo«, sagt Gott. Er hat seine Küche vermisst.

»Hallo«, sagt er auch zum Tisch. Im Jenseits hat er daran gedacht, wie es ist, mit dem Lappen über sein Holz zu wischen, und hat befunden, dass er das gerne tut. Er hat auch befunden, dass er gern ein Ei aufschlägt, eine Dose öffnet oder an einem Henkel zieht, so dass die Schranktür ihm ruckartig entgegenkommt. Das tut er nun, er öffnet den Schrank und entsorgt den Brief, den Anfang des Abenteuers.

Schwein breitet die Decke über Gott, die Landschaft, vom Fisch gemalt, stellt es in die feine Staubschicht auf dem Nachttisch.

»Brauchst du noch einen Tee oder eine Tablette?«

Gott schüttelt den Kopf. In seinem Bett sieht er besser

aus, vielleicht, da der Bezug rot ist, mit grossflächigen Blumen.

»Ich komme mir gesund vor«, sagt Gott.

»Trotzdem«, sagt Schwein.

Es geht zum Fenster, will den Vorhang ziehen.

»Schwein?«

»Hm?«

»Du kannst ja nochmal ins Jenseits, wenn – «

»Mal schauen«, sagt Schwein. Es hat sich schon vorgestellt, wie es den anderen sagen würde: »Ich habe meinen Hut vergessen und mein Herz, ich muss zurück.«

Schwein greift nach dem Vorhang, da sieht es hinter der Scheibe ein Meer liegen.

Gottes Wald, jeder Baum und die Lichtung stehen unter Wasser. Am Ufer, das durch Gottes Garten gebildet wird, schöpft Dachs Wasser ab.
Schwein macht den Mund auf, dann besinnt es sich und zieht entschieden den Vorhang zu.

»Gute Besserung«, sagt es.

Schwein stiefelt aus dem Zimmer.
Es macht »Oje, Oje, Oje«, bei jedem Treppentritt, den es nach unten nimmt.

»Ist das aus dem Jenseits?«, Schwein ist am Ufer angelangt.

Dachs nickt.

Da der Boden unter der Wasseroberfläche statt aus Sand aus Gras besteht, hat dieses Meer eine merkwürdige Farbe, ein tiefes Blau, das man aber auch als Grün auffassen könnte.
Schwein hat das Bedürfnis, baden zu gehen, was ihm in der Überschwemmungssituation allerdings nicht angebracht scheint.

»Allez«, sagt Dachs, als könne er Schweins Gedanken lesen.

Schwein zieht seinen Overall aus.

»Einmal ein Fisch und jetzt ein ganzes Meer?«, sagt es.

»Es hätte problematischer ausfallen können.«

»Zum Beispiel?«, fragt Schwein, es watet ins noch warme Wasser.

»Zum Beispiel, dass das gesamte Jenseits hierhin gewechselt wäre.«

Und mit dem Jenseits all der Sand und das Hotel und alle Gäste und Spezialgäste.
Dann würde Wüstenfuchs mich jetzt von Gottes Balkon her beobachten, denkt Schwein. Es fragt sich, ob der Wald ihm gefiele, oder ob er das unaufgeregte Grün langweilig fände und das mässige Klima ihm nach einem Tag verleiden würde.
Schwein lässt sich in das verschobene Meer sinken. Es stösst sich mit den Hufen von Gottes Garten ab. Bald wird es wieder vor dem Hotel stehen. Mit dem Koffer und in einem neuen Sommerkleid. Und wenn nicht, denkt Schwein, wird es das zumindest immer vorhaben.
Dachs hat ein Heft aus seiner Seitentasche gezogen, in dem er notiert, wie die Landschaft in ihren Originalzustand zu bringen ist.
Über den Rand der Seiten sieht er Schwein zu, wie es in Unterhosen über die Lichtung schwimmt. Bis zu den ersten Tannen und zwischen den Baumstämmen hindurch.

Noemi Somalvico, 1994 in Solothurn geboren, studierte Literarisches Schreiben in Biel, contemporary arts practice in Bern und ging dazwischen allerlei Beschäftigungen nach, arbeitete für den Film, in Schulen, an Empfängen. Ihre Erzählungen und Lyrik wurden in Zeitschriften und Anthologien abgedruckt, im Dunkeln performt und im Radio vorgelesen. »Ist hier das Jenseits, fragt Schwein« ist ihr Debütroman.

2. Auflage 2022

ISBN 978-3-86391-321-2
www.voland-quist.de

Lektorat und Korrektorat:
Helge Pfannenschmidt
Umschlaggestaltung und Satz:
Guerillagrafik
Druck und Bindung:
Balto print, Vilnius

kultur
SWISSLOS
Fonds des
Kantons Solothurn